La tinta de las moras

La tinta de las moras

Georgina Hernández Samaniego

Ilustraciones:
Patricia Karla Márquez Cárdenas

CASTILLO

Derechos Reservados
© Ediciones Castillo, S.A. de C.V.
Priv. Francisco L. Rocha, Núm. 7,
Col. San Jerónimo, C.P. 64630. A.P. 1759,
Monterrey, Nuevo León, México
e-mail: info@edicionescastillo.com
www.edicionescastillo.com

Ediciones Castillo forma parte del Grupo Editorial Macmillan

La tinta de las moras

© Georgina Hernández Samaniego

Coordinación de la Colección Castillo de la Lectura
Patricia Laborde

Edición
Martha Elena Lucero Sánchez

Diagramación y formación
Miguel Ángel Flores Medina

Ilustraciones
Patricia Karla Márquez Cárdenas

Miembro de la Cámara Nacional de
la Industria Editorial Mexicana
Registro núm. 3304

ISBN 968-5920-40-0

Impreso en México
Printed in Mexico

Primera edición: 2004

A mi madre
por sus infinitas historias de infancia que llenan mis
días y animan mi imaginación.

A
Claudia B., Socorrro G., Lindy G. y Gilles D., mis
amigos, porque de niña yo sólo era Georgina H.
Entonces lo único importante eran los nombres.

A
María Luisa Puga, a ti, que siempre tuviste fe en mí.

I

Es abril de 1963. La tarde cae sobre la ciudad de Chihuahua. El sonido ensordecedor de los pájaros que habitan en los inmensos árboles del Parque Lerdo llega hasta la casa de enfrente, una antigua construcción de dos pisos.

En un balcón de la casa se encuentra Cristina, una niña de ocho años, ojos negros y cabello lacio cortado a la príncipe valiente. Desde ahí observa, con tristeza, cómo se aleja un Chevrolet modelo mariposa.

Cuando cumplí ocho años, mi mamá me regaló un suéter amplio que me llegaba hasta las rodillas. Lo tejió y destejió durante ocho meses para ocupar las interminables noches que pasaba sola sin la compañía de mi papá. Él, como era habitual, salía cada tarde manejando su Chevrolet y tomaba la recta de la avenida Ocampo. Entonces yo corría ansiosa al balcón. Si viraba hacia la derecha, justo en el semáforo, iba rumbo al trabajo; pero si continuaba de frente, hasta perderse en la cima de aquella larga calle, un profundo desasosiego me invadía. Seguro mi papá iba en busca de su amante. Cada tarde se repetía esa historia y yo llegaba a sentir que ahora sí se iría para siempre.

De una habitación en penumbra, se escucha I've got you under my skin, *interpretada por Frank Sinatra. La canción viene de una gran consola de los años sesenta. Al lado, sentada en una silla metálica, se encuentra Bertha, la madre de Cristina; la escasa luz permite ver sólo algunos de sus rasgos. Es una mujer de unos 30 años, delgada, grandes ojos y labios gruesos. Se ha refugiado ahí para no ser vista, ni siquiera por las mudas paredes blancas.*

Ese cumpleaños, además del suéter, mi mamá me compró unos pantalones negros ajustados, unos botines de piel negra, unos lentes blancos en forma de mariposa con cristales oscuros y me dijo muy seria:

—Así se visten los existencialistas.

Yo acababa de hacer mi primera comunión y había aprendido a andar en bicicleta. En ella descubrí que la vida no sólo era estar encerrada en mi casa, sino que había muchos caminos que recorrer casi a la velocidad de mis pensamientos. Los árboles de moras estaban cargados y las frutas caían al piso ensuciando las banquetas. Yo me entretenía aplastándolas con mi bici. Las moras eran la característica inequívoca de la ciudad en ese tiempo.

En aquellos años, mis papás me llevaban al cine Alcázar, un antiguo galerón donde los vendedores de golosinas se paseaban entre las butacas ofreciendo sodas, chicles, palomitas, en plena función. A nosotros no nos molestaba ser interrumpidos, era el uso en aquel tiempo; es más, si no hubieran existido esos personajes, no habría tenido ningún chiste ir al cine. Ahí veíamos películas donde salían los existencialistas que pasaban horas en los cafés o en los bares, tomando una copa, fumando un cigarrillo tras otro, vestidos con pulóveres negros y crecidas barbas mientras escuchaban a Juliette Gréco, una cantante francesa muy famosa en la época.

—Esos son franceses, se la pasan en la nada. —Me decía mi mamá.

A ella y a mí nos gustaban mucho esas películas y otras en las que siempre había un romance, un galán al estilo de Troy Donahue y una muchacha boba como Sandra Dee, que con su voz gangosa inundaba la sala. Mi papá se entusiasmaba con las de vaqueros —que después supe es todo un género cinematográfico llamado *western*. Y yo odiaba las historias donde aparecían miles de personas vestidas como en otras épocas y que acarreaban enormes piedras para construir una esfinge, o cuando salían gladiadores que se enfrentaban a un feroz león. Entonces, aburrida, me dormía en la fría sala del cine recostando mi cabeza sobre el brazo de mi mamá y rogando que *Spartacus* o *Los diez mandamientos* acabara lo más pronto posible.

También íbamos a otros cines, cuyas salas tenían en el techo una serie de lucecitas que parecían estrellas que centelleaban. Eran tan reales que llegué a pensar que estábamos al aire libre. Cuando no me gustaba la película, me pasaba viendo el cielo raso imaginando que podría transportarme al universo en un cohete supersónico. De hecho, una Navidad le pedí a Santa Claus una nave espacial; por obvias razones, no se cumplió mi deseo, aunque yo pensé que sí era posible porque en aquellos años todo mundo decía que vivíamos en la era espacial y que, pronto, el hombre viajaría a la Luna y a Marte.

Mientras todo eso estaba en el ambiente, había que ocuparse de las cosas que sucedían en la Tierra. Yo quería ser como los existencialistas y también pasaba el tiempo "en la nada", mirando un objeto fijamente sin parpadear hasta que perdía por completo su dimensión en el espacio y, de mis ojos, escurrían grandes lagrimones. Mi mamá me había contado que eso hacían los existencialistas para probar que el mundo era sólo una apariencia.

Por las tardes, mis compañeras de colegio y yo, en vez de hacer la tarea, escuchábamos música existencialista y bailábamos una especie de danza moderna con los brazos pegados al cuerpo, tronando los dedos y dando unos pasitos al ritmo del tema de *Peter Gunn*, una serie de televisión gringa de detectives y misterio. Bailando así nos imaginábamos en una maloliente y sórdida cueva existencialista.

De pronto, sin darnos cuenta, mi mamá llegaba hasta la consola y apagaba el tocadiscos.

—¡Cristina! —me decía recalcando mi nombre.— ¿Qué no se habían juntado para estudiar?

Todas nos quedábamos paralizadas y cada una de mis amigas se iba despidiendo, inventando mil y un pretextos. Un día, después de mi clase de ballet, a mi mamá se le olvidó ir por mí a la escuela. Mi maestra de baile, Sofía, se ofreció para llevarme a la casa. También era existencialista. Se vestía con mallas negras y una holgada blusa —negra también—; para colmo, era delgadísima. Como los personajes de aquellas películas, hablaba poco y se quedaba como en trance viendo sin ver. Ahí estuvimos en la terraza, observando a los pacientes de la Clínica del Parque que salían a los balcones a tomar el sol.

Un anciano entelerido que tenía puesta su bata de enfermo, abierta de la parte posterior, nos dio la espalda sin darse cuenta que nosotras lo espiábamos desde enfrente y nos enseñó su esquelético cuerpo amarillento y sus esmirriadas nalgas. Sofía salió del trance y soltó una carcajada. Yo pensé que mi maestra había realizado un "verdadero acto existencialista", salir de las profundidades del "en sí" y surgir al "para sí" en un sonoro estruendo.

Muchos años después, esa misma Sofía daría un escándalo en la moderna ciudad de Chihuahua al abandonar a su esposo y sus pequeños hijos para huir con su amante. No me cupo la menor duda: el existencialismo la había marcado desde siempre.

II

En un gran salón de actos de un instituto de monjas, numerosas alumnas, que van desde los seis hasta los 17 años, cantan un himno a la virgen María. Se respira un aire de beatitud.

En el estrado, hay una imponente imagen de la virgen de Fátima. Las niñas, en fila, suben unas escaleras y ya en la tarima, ofrecen flores blancas a la Virgen. En un extremo, Monseñor De la Paz, un sacerdote gordo y bonachón, imparte el sacramento de la comunión.

Dos niñas que se encuentran aún en la gradería, víctimas del ayuno, se desvanecen y caen al suelo. Cristina, al oír el golpe seco, mira con indiferencia a sus compañeras y continúa cantando con fervor: "Con flores a María que madre nuestra es...", mien-

tras unas monjas corren angustiadas para reconfortar a las alumnas.

Estaba en tercero "A" de primaria en el Instituto América, donde las monjas del Verbo Encarnado nos obligaban a decir, cada vez que uno se encontraba con alguna de ellas en cualquier parte del grandísimo edificio:

—Alabado sea el Verbo Encarnado —y ellas contestaban bajando la cabeza.

—Para siempre Amén.

En ese tiempo sentía una especie de iluminación y cada noche me encomendaba al Ángel de la Guarda para que no me desamparara ni de noche ni de día. Seguía rigurosamente el ayuno después de cenar para poder comulgar al día siguiente a mediodía y me confesaba casi a diario con Monseñor De la Paz, al que siempre le besaba la mano con gran devoción después de salir del confesionario.

Entré a la Acción Católica convencida de que ganaría miles de indulgencias ante Cristo nuestro Señor y poco me faltó para entrar a la Congregación Mariana, pero ya no tenía tiempo para dedicarlo a tan piadosas actividades.

En mi casa veía y acariciaba mi tésera y la pequeña medalla azul de la Virgen, que guardé en una cajita, junto con el misal en latín con traducción al español hecha especialmente para niños, mi chalina y mi rosario bendito desde Roma.

También hice mi primer "ramillete espiritual", que consistía en una tarjeta con la imagen de san José al que ofrecí rezar 20 Padrenuestros, 25 Avemarías, diez Credos y algunas jaculatorias por la salvación del alma de mi papá. Al menos por esos días él dejó de visitar a su amante. Lo sabía bien porque su carro siempre daba vuelta a la derecha, allá en el semáforo, y entonces yo respiraba hondo hasta que mis pulmones no podían más y dejaba salir el aire muy despacito. ¡Qué alivio, san José me había hecho el milagro!

Es invierno y los sicomoros del Parque Lerdo muestran sus ramas secas desairadas por las hojas. Unas pequeñas plumas de nieve han empezado a caer. De una pequeña ventana de la casa de enfrente, se ve a Cristina, quien con cierta nostalgia observa a unos niños en patines que avanzan vertiginosamente entre las intrincadas veredas del parque. Los niños van cubiertos con ropa pesada.

Durante el invierno, para mi mala suerte me enfermé de sarampión. Y digo mala suerte porque se me complicó con los pulmones y pasaba eternas noches tratando de respirar y llorando por el espantoso dolor que me provocaba la pleuresía. Sin embargo, aprendí a leer rápido y con muy buena entonación. Mi mamá me leyó muchos cuentos rusos y escandinavos y hasta llegó a comprarme un juego para recortar, que era un castillo medieval con sus princesas y caballeros. Al fin me había librado de las horrendas muñecas que cada cumpleaños o Navidad me regalaban mis papás.

Dos semanas después ya estaba de nuevo en el colegio, leyendo en voz alta mejor que nadie y alabada por sor María del Buen Consejo, la única monja a quien realmente quise y por la que me aguantaba comer mi sándwich antes de recibir la Sagrada Eucaristía, a pesar del hambre y las náuseas que me provocaba pasar tantas horas sin comer.

Yo me sentía atrapada entre dos mundos: uno era la religión y otro el existencialismo. Mis amigas y yo creíamos que las prácticas a las que nos entregábamos cada tarde bailando al ritmo de *Peter Gunn* eran un acto que nadie de nuestras compañeras del colegio podría imaginarse y mucho menos atreverse a hacer.

Sólo en una cosa éramos todas iguales las del Verbo Encarnado: repudiábamos el protestantismo. No soportábamos que los alumnos del Colegio Palmore, gobernado por protestantes, disfrutaran el mismo Parque Lerdo. Cuando los veíamos atravesar los jardines, nos convertíamos en un ejército de las Cruzadas, perseguíamos a los infieles y les gritábamos "avispones verdes", pues su uniforme era verde. Ellos, humillados, caminaban muy aprisa hasta que abandonaban el parque. De pronto, veíamos a las alumnas del Instituto Chihuahuense que

también era católico, pero pobre. Las soportábamos porque éramos del mismo bando, pero no dejábamos que ninguna hablara con nosotras. Se decía que a ese instituto sólo iban las niñas que querían estudiar Curso Comercial. Nosotras teníamos otros planes, continuar la secundaria y el bachillerato.

Debo confesar que existía otro colegio regido por las monjas del Sagrado Corazón, en el que las niñas se vestían de gris y tenían una caligrafía especial que las hacía distinguirse y reconocerse en todo el mundo. Les enseñaban cómo partir la fruta y qué cubiertos usar para cada platillo, y adquirían algo que se llama "roce social". Ahí las monjas eran aristócratas, sin bigotes y más liberales. Eso, en el fondo, nos dolía y llegábamos a pensar que sería nuestra ruina si una, tan sólo una de aquellas niñas vestidas de gris, pudiera ser existencialista.

En los años setenta, aquellas monjas del Sagrado Corazón, que a nuestro parecer eran bastante alivianadas, llevaron ese espíritu libertario a sus últimas consecuencias. Renegaron de los hábitos, dejaron crecer sus cabellos, se pusieron minifaldas y empezaron a introducir las ideas de Carlos Marx. Y además, en el colmo de los colmos, también se les unieron algunos sacerdotes pertenecientes a la Compañía de Jesús que daban clases en El Regional, un colegio sólo para varones, muy prestigioso por cierto. ¿El resultado?, clausura definitiva de ambas escuelas.

Pero terco como era aquel grupo disidente, monjas y curas juntaron sus ganas de cambiar el mundo y allá fueron al monte a fundar una escuela mixta para educar a los que quisieran seguir sus pasos.

En la acera, frente a un enorme edificio viejo de un solo piso y pintado de verde, Cristina se asoma por una de las ventanas, corre hacia la puerta principal y la entreabre. Parece buscar algo o a alguien.

En aquel frío noviembre, mi mamá me dio una terrible noticia que me hizo sufrir y avergonzarme. Ella y mi papá habían estudiado en el Colegio Palmore y no sólo ellos, también mis tíos carnales y segundos.

Días y noches anduve rondando como zombie por los pasillos de mi casa y la azotea. Ese colegio quedaba a espaldas de mi casa, era una construcción muy antigua, pintada de verde. Desde la azotea podía ver al Colegio Palmore atesorando su conocimiento impío.

Inmediatamente pegaba una carrera al otro extremo de la azotea y veía con gran orgullo el hermoso Parque Lerdo y a lo lejos la construcción moderna e imponente del Instituto América. Mi casa estaba situada en una cuchilla que dividía el catolicismo del protestantismo y yo estaba en medio, estudiando en una escuela católica y siendo hija de unos padres que creía se habían educado en la falsedad.

III

Se escucha una gritería de niños. Es el amplio patio del Instituto América. Son las doce treinta del día. Hora del recreo. Hace un frío intenso a pesar del sol radiante. En lo alto, un cielo azul como ninguno está salpicado por unas cuantas nubes blancas. Son los clásicos días de invierno en la zona norte del país. Cientos de niñas llenan el espacio abierto: unas brincan el lazo, otras comen, las más corretean por todos lados. Paradas junto a la tiendita de golosinas, Cristina y una niña de apariencia extranjera, que no trae uniforme, hablan animadamente. De sus bocas escapa un ligero vaho. Las pequeñas se frotan las manos con rapidez para contrarrestar el clima.

Un día llegó una niña que a simple vista era como todas nosotras, pero las monjas muy pronto se encargaron de demostrarnos lo contrario. Rosa Hannah era delgada, muy blanca y con grandes ojeras; sus ojos, de un verde deslavado, tenían una expresión melancólica, tal vez por la inusual situación que estaba viviendo.

Cada vez que teníamos nuestra clase de religión, llegaba una monja de menor rango al salón y le pedía a Rosy que saliera. Todas la seguíamos con la mirada hasta que llegaba a la puerta. Sor María del Buen Pastor, la maestra de Historia Sagrada, permanecía inmutable mientras duraba aquel recorrido. Sus ojos se clavaban en la pared del fondo y sus zapatos negros de agujetas apuntaban hacia los dos extremos del salón.

Cuando escuchábamos el golpe seco de la puerta al cerrarse, sor María del Buen Pastor empezaba a hablarnos de las Bienaventuranzas del Sermón de la Montaña. Al oír "Bienaventurados los perseguidos por ser justos, porque de ellos es el Reino de los Cielos", sentía una profunda emoción que me llenaba todo el cuerpo. Claro, de Rosa Hannah sería el Reino de los Cielos, pues era una "perseguida" de nuestras miradas y de las decisiones de las monjas.

Ante nuestra constante curiosidad, sor María del Buen Pastor cedió y tuvo que confesar a medias de dónde había salido aquella niña. Comentó altanera:

—Rosa Hannah viene de una escuela muy diferente a la nuestra... Estamos haciendo una excepción a nuestras reglas al recibirla a mitad de año... Además, desconoce totalmente nuestra forma de ser... no es como nosotras.

Todas la miramos aún más confundidas y me atreví a interrogarla.

—¿Cómo que no es como nosotras, madre?

—Quiero decir, no es mexicana —contestó un poco nerviosa.

Hubo un profundo silencio y con esto se cerró el caso. Sin embargo, al pasar el tiempo averigüé más cosas sobre Rosy, casi sin proponérmelo.

"Es ahora cuando debo aceptar a las personas como son y hacerles más grato el vivir..." En un día cualquiera dentro de un salón de clases, el grupo de tercero "A" atiende una lección. Las niñas miran hacia el frente. Al fondo del lugar está una monja de unos cincuenta años, sor María de la Asunción que, atenta, escucha la torpe lectura. Lentamente se descubre a Rosy en uniforme. Se encuentra al frente leyendo un libro. En ese momento llega sor María del Buen Consejo, la titular del grupo, y todas las niñas se levantan para recibirla con el tradicional saludo de las hijas del Verbo Encarnado. Rosy se queda muda, incapaz de seguir aquel ritual.

Durante una semana estuvimos sin sor María del Buen Consejo, pues la había atacado un severo resfrío; al menos eso nos habían informado. Cuando regresó a clases, vio por primera vez a la "niña nueva". Su reacción fue totalmente opuesta a la de la maestra de Historia Sagrada. Se acercó a Rosy y la besó.

—Con que tú eres la niña nueva. ¿Y cuál es el nombre de esta criatura?

Rosy, atemorizada, pelaba sus grandes ojos verdes y daba unos pasos hacia atrás a medida que sor María del Buen Consejo avanzaba hacia ella.

Rosy apenas logró dejar escapar en murmullo: Rosa Hannah Lesser.

—Tienes un nombre muy bonito, deberías estar orgullosa de él —acotó la monja, mientras la envolvía en sus amorosos brazos. Y dando un gran suspiro, agregó:

—¡Ay! Hannah, como la madre de la Virgen. Al menos es un nombre cristiano.

Rosy, ofendida, contestó:

—En mi casa me dicen Rosa.

—Pero aquí en el colegio te llamaremos Ana, sólo para españolizar tu nombre y hacerlo más sencillo—, dijo la monja con cierta afectación al tiempo que le plantaba un sonoro beso. Rosy, con el dorso de la mano, se limpió inmediatamente aquella prueba de amor.

Yo continué llamándola Rosy porque me gustaba más ese nombre, pero para el resto de la escuela siempre fue Ana.

Poco a poco comencé a llevarme con Rosy y descubrí que ella leía sólo una parte de la Biblia:

el Antiguo Testamento, y no tenía idea de quiénes eran los apóstoles, los evangelios y mucho menos de nuestras prácticas religiosas. De Jesucristo sabía cualquier cosa; además, se comunicaba con su hermana mayor en un idioma muy raro. Sólo se oían sonidos como "jotas". Después supe que era judía. Al principio no entendí lo que era eso; tal vez era otra nacionalidad, pero no me pareció extraño, pues Rosy era tan simpática y tan rebelde como yo misma. Hasta me gustó tener una amiga así, un misterio total, de la que nadie sabía su origen, simplemente había aparecido en Chihuahua y punto. Una cosa estaba clara para mí en ese entonces, ser judío era mejor que pertenecer al protestantismo.

También yo me convertí en "perseguida" de la maestra de Inglés, una laica de origen alemán cuyo apellido era impronunciable. Odiaba a Rosy porque según ella era una niña muy sucia, y a mí, por ser "autóctona" como me dijo un día ante el asombro de todas mis compañeras. Nadie conocía el significado de esa palabra, pero estábamos seguras de que no era nada bueno. Por la tarde, ya en la casa, le conté a mi mamá. Ella se sorprendió porque no entendía el motivo del calificativo. Me ayudó a buscar la palabra en el *Pequeño Larousse Ilustrado* y me dijo amorosa que aquello no era ninguna ofensa y yo descansé.

Durante un juego de volibol, Rosy me contó que todas en esa escuela éramos muy raras y sin dar más detalles dijo que seguramente la causa se debía a que éramos "goys". Yo me ofendí como nunca, le aventé la pelota y me fui a mi casa. Ahí, le pedí a mi mamá que volviera a sacar el diccionario para buscar otra de esas palabras que me hacían sentir muy mal. Vimos el diccionario de pe a pa y nada. "Goy" no apareció por ningún lado.

Es de madrugada. En la casa de Cristina todo está en la más completa oscuridad. La niña, en piyama, trae una linterna; algo busca debajo de la cama, en el clóset, atrás del televisor y hasta en los cajones del tocador de su mamá. Los padres, inocentes a esta rigurosa inspección, continúan durmiendo.

Aquella noche casi no pude dormir, llegué a imaginar que los "goys" eran una especie de monstruos nocturnos, sólo algo así podían ser para que Rosy nos hubiera insultado; además, había dicho la palabra "raras" y todo lo raro en este mundo es feo, monstruoso. Por fin me armé de valor y revisé uno a uno los cuartos de toda la casa, quería encontrar "goys", sorprenderlos en la oscuridad. Si al menos hubiera tenido una pista.

En el fondo del salón de tercero "A", varias niñas sacan rápidamente de un armario unos libros de texto gratuitos. Los hacen circular de mano en mano a las demás alumnas, desde la última fila hasta llegar al primer pupitre. La acción se desarrolla en perfecta coor-

dinación bajo el mando de sor María del Buen Conse-
jo, que muestra gran nerviosismo en su rostro.

En esa época vivíamos aterrorizadas por la Secretaría de Educación Pública. Nos acosaba todo
el tiempo. Nuestro colegio impartía el conocimiento al margen de la ley. Nosotras no estudiá-
bamos en los libros aquellos que tenían a una
mujer con la Bandera mexicana en la portada.
Lo hacíamos en otros que sí eran libros de verdad: pasta dura, papel blanco y grabados muy
bonitos.

Los libros de texto gratuitos eran para otra
clase de gente, "para los pobres" decían las
monjas, "que no les queda otro remedio que
aprender de esa basura llena de mentiras y sin la
enseñanza cristiana".

Cada vez que llegaban los inspectores de la
Secretaría, se daba el pitazo en toda la escuela y
nosotras entrábamos en pánico.

Inmediatamente, unas niñas corrían a inter-
cambiar la imagen del niño Jesús por la horren-
da fotografía del presidente López Mateos y
nuestros amados libros, por los de texto. Ocultá-
bamos cualquier medalla o escapulario que tu-
viéramos. En cuestión de minutos todo se
convertía en un espacio laico.

Las monjas nos enseñaron a detestar a Plutar-
co Elías Calles por aquello de la persecución de
los cristeros y parecía increíble que su espíritu

no descansara aún y rondara por los años sesenta en la ciudad de Chihuahua, tan lejos de la capital. Una cosa era cierta, el gobierno no nos dejaba en paz a los católicos.

Para mí, el presidente de la República era la encarnación del mismísimo Satanás, pues no creía en Dios y decían que pertenecía a la masonería. Yo ya no quise averiguar otra religión más. Con las que conocía bastaba para enredarme la cabeza.

"¿Y la patria? ¿Pues cuál patria? El estado de Chihuahua está tan lejos de todo que sólo para cruzarlo se lleva horas. Afortunadamente estamos cerca de El Paso, ¿para qué quiere uno más? ¿El DF? ¿Pero quién quiere ir allá? Sólo gente fea, indiada, mala. Esos nunca dicen lo que piensan y además ofrecen cosas que por sentido común nadie haría. ¿Qué es eso de 'allá en la casa de usted'? Si la casa es de uno, no de los otros. Y además lo dicen en un tonito cantado y sangrón. Puros problemas vienen del centro del país. ¿Y del sur? Quién sabe qué cosa será. A ver, ¿qué tanto presumen de Pedro Infante si tenemos a Frank Sinatra?"

Eso era lo que decían en mi casa cada vez que se hablaba del país. "Nosotros estamos bien acá, ojalá nos reclamara Estados Unidos."

También se hacían bromas de intercambio de lugares. Por ejemplo, había ciertas avenidas y parques en El Paso que eran muy famosos y mi abuela me decía:

—¿No te gustaría que la Ocampo se llamara mejor Stanton? ¿Que en lugar de ir al Parque Lerdo fueras al Memorial Park?

Yo, fascinada, contestaba que sí y terminaba el juego diciendo que me encantaría cambiar el nombre de Chihuahua por el de El Paso. Lo importante era cambiar de país a como diera lugar.

Yon ef quenedi era el más guapo y el mejor presidente del mundo. Por si fuera poco, era católico. No por nada todas las mujeres de la familia estábamos enamoradas de él y de su país. Ahí en Estados Unidos, sólo pasando el puente, la gente hacía lo que quería; hasta quemaban la bandera si alguien se inconformaba. Terrible desilusión me llevé poco tiempo después. Pero no me arrepiento de lo que pensaba, era sólo una niña.

Un carro convertible avanza rápidamente por una calle de la ciudad de Dallas. Los pasajeros son nada menos que John F. Kennedy y su esposa. Miles de personas a ambos lados de la acera saludan con gran efusividad al presidente de Estados Unidos. De pronto se escucha un disparo y John se agarra el cuello con la mano.

El 22 de noviembre lo pasamos frente al televisor. Veíamos una y otra vez la repetición del asesinato del presidente Kennedy. Caroline y John-John se habían quedado huérfanos. Ese día me di cuenta que un papá puede desaparecer de un momento a otro. Sólo se necesita un hombre enojado, una pistola y ya. Me quedé viendo a mi papá por un buen rato; tal vez no era tan malo que tuviera otra mujer, al menos estaba vivo. Por primera vez me enfrenté a la muerte, lejana, pero muerte al fin.

IV

Sobre un paisaje desértico en el que se recortan unas enormes montañas, un autobús de pasajeros circula a toda velocidad por la carretera. Extrañamente va de una orilla a otra del camino, como si el chofer hubiera perdido el control.

—¡Mi bolsa, Mamimaría, la de las florecitas, ya no está!

—¿Cómo se te va a perder, si ni siquiera nos hemos movido de aquí? —Contestó mi abuela en un tono impaciente.

Entre sollozo y sollozo, busqué en el estrecho espacio que separa un asiento del otro, metí las manos debajo de las prominentes posaderas de mi abuela y caminé por todo el pasillo del camión echando miradas inquisitivas a cada uno de los pasajeros y nada. Regresé a mi lugar y solté de plano el llanto.

—No me digas que la tonta de Bertha te puso el dinero y el pasaporte en la bolsa.

Yo apenas pude soltar un sí. Mi mamá acostumbraba cocerme una bolsita debajo de la falda y ahí me guardaba los dólares. Esa vez no lo había hecho. Lo que más preocupaba era el pasaporte —la forma 13, que así le decían— porque también era el de mi mamá. Las dos aparecíamos juntas en la foto y ahí estaba engrapado un papel amarillo que confirmaba que ya me habían vacunado contra la viruela. Yo no quería que me volvieran a picotear el brazo y que me saliera aquella cosa tan horrible como gelatina que me daba tanta comezón y calentura. Si me había aguantado aquel suplicio era con tal de ir a El Paso, al zoológico y a los juegos mecánicos del parque Washington. En unos cuantos minutos mi vida estaba arruinada. Mamimaría por fin reaccionó.

—¡Alguien te robó esa bolsa! ¡Válgame Dios! ¡No puede ser! ¡Habrase visto, mira que aprovecharse de la inocencia de una niña! ¡Esto es el colmo!

Y sí fue el colmo. Una de las pasajeras, en complicidad con el conductor del autobús, me había robado la bolsa; pero no le duró mucho el gusto, pronto se vio obligada a regresarla.

—¡O devuelven la bolsa de mi nieta o de aquí no pasamos! —gritó amenazante la abuela, mientras orgullosa zarandeaba con una mano las llaves del camión.

Mamimaría había aprovechado la distracción del chofer para apagar la marcha del motor y apropiarse de las dichosas llaves. El vehículo entonces empezó a dar bandazos por toda la carretera ante el pánico de los tripulantes.

Todas las vacaciones las pasaba en Ciudad Juárez al lado de mis abuelos y tíos maternos. Apenas salía de la escuela, Mamimaría se trasladaba a Chihuahua y me recogía para llevarme a su casa. Nos íbamos en la línea de camiones Chihuahuenses, la versión norteña de los Greyhound gringos que en aquel entonces eran cómodos; pero como todo en México, según decían mis papás, algo tiene que fallar y esa falla era la calefacción, mi abuela y yo nos abrigábamos muy bien para contrarrestar los intensos fríos al atravesar el desierto de Samalayuca.

Esa Navidad, recibí mi muñeca Barbie, de las primeras en salir a la luz pública. Una de las tías, Emma —de las de en medio de la gran familia de ocho hermanos y que quería ser torera—, me había comprado esa novedad. Atrás quedaban los muñecos tipo bebé. La Barbie tenía cuerpo de una mujer hecha y derecha, además de un guardarropa cosmopolita: traje sastre, vestido y sombrero para la playa, pantalones entallados y zapatillas como aquel vestuario de Jean Seberg en la película *Sin Aliento* del cineasta francés Jean-Luc Godard.

Todas las tardes, a las cuatro, el *twist* hacía su aparición en la casa de Juárez. Dos de mis tíos, Lalo y la Negra, prendían el televisor para ver *American Bandstand*, un muy popular programa de concursos de baile conducido por el entonces famoso Dick Clark. Los tíos aprendían el nuevo ritmo con *Let's twist again, like we did last summer*, cantada por su creador Chubby Checker, mientras Mamimaría los veía entusiasmada.

—Tenía que ser la ocurrencia de un negro. Sólo a ellos se les dan esos bailes. Los gringos son tan sin chiste. Ya lo digo yo, si no son tontos los negros, lo que pasa es que son muy feos —decía Mamimaría.

Yo empecé a bailar el *twist* inmediatamente y muy bien, al grado que en las fiestas de mis amigas me hacían rueda para verme bailar. Adoraba todo lo gringo y me sentía "americana". Gastaba dinero "oro" como le dicen en el norte a los dólares y no usaba dinero "plata", nuestros pesos, pues nada rico ni divertido se podía comprar con él.

En el interior de una casa, ya entrada la noche, se ve la sombra de alguien sentado en un sillón de la sala. Es Emma, una adolescente de 16 años que con tijeras en mano corta, a la altura del muslo, los pantalones de la piyama que trae puesta. Sus ojos bien abiertos y carentes de toda expresión miran hacia el muro.

Mi tía Emma se vestía muy a la Audrey Hepburn, una actriz que marcó toda esa época por su belleza y su esbelto cuerpo; era tan bonita que hasta un diseñador de modas francés la escogió para modelar sus extravagantes creaciones. Se le veía con su pañoleta anudada en la nuca, sus lentes oscuros y los típicos pantalones *strecht* con trabilla en la punta para sujetarlos al pie. Le encantaba irse a las carreras de *go-karts* con el novio en turno, fumaba, era sonámbula y hacía miles de destrozos en la casa cada vez que caía en aquel estado. Una mañana amaneció con los pantalones de su piyama cortados hasta las rodillas; lo único que recordaba era que había tenido mucho calor.

"¿Por qué maté al policía y a todos los novios que quería?", empezaba una especie de letanía que Emma siempre decía por las noches para divertirnos cuando la Negra, la Tachi —otra tía soltera— y yo estábamos en la recámara, un espacio diminuto en el que había dos camas individuales y en las que, juntándolas, nos acostábamos hasta cinco cuando mi mamá llegaba a recogerme para regresar a Chihuahua. Todas nos revolcábamos de risa con aquel *show* y yo hacía que Emma repitiera hasta el cansancio aquella extraña historia de múltiples asesinatos. De milagro no nos mató, pues era la última idea que le quedaba retumbando en la cabeza antes del momento del sueño.

Emma se convirtió en mi heroína y cómo no habría de serlo si vivía como toda una existencialista, fume y fume. Un día le dije a mi mamá: "Cuando sea grande quiero ser como Emma para fumar y tener muchos novios."

Mi admiración iba en aumento hasta que un día se escapó a Chihuahua y se presentó con las monjas del Sagrado Corazón para ingresar como novicia. Los abuelos, al enterarse de tal atrocidad, le exigieron regresar de inmediato y ella así lo hizo.

Me sentí profundamente decepcionada. Emma se había ido con el enemigo, a una orden que las del Verbo Encarnado envidiábamos en secreto por tener una escuela con jardín y monjas más modernas y jóvenes. Nunca le perdoné su intento de querer pertenecer a tan aristocrático colegio, en el que los grandes apellidos de la sociedad chihuahuense estaban inscritos.

Por supuesto y como siempre, al pasar el tiempo, me enteré que algunos de aquellos nombres se habían vuelto de alcurnia por el solo hecho de tener dinero. Los extensos sembradíos de amapola y mariguana en las intrincadas montañas de la Sierra Madre eran el origen de esas inmensas fortunas y a lo mejor por eso, las herederas estudiaban en una escuela religiosa para acallar las culpas de los padres. Pero les salió el tiro por la culata porque cuando llegó la época del *peace and love*, sus amados retoños le entraron duro a la mota y al LSD, quesque para encontrarse con Jesucristo, el único y verdadero *hippie*.

V

A pleno sol, por una polvosa calle de Ciudad Juárez llena de baches y gente, se abre camino muy salerosa María, una mujer gorda de unos cincuenta años. Lleva el cabello recogido en un chongo y viste de negro. La falda, apenas arriba de la rodilla, deja ver unas piernas bien formadas.

Bueno, a mi abuela siempre le gustó andar con las faldas cortas; estaba orgullosa de sus piernas.

— Ahí vas con tu abuela la rabona a pasar las vacaciones. —Decía envidiosa la mamá de mi papá. Pues claro, ella tenía unas piernitas flacas, flacas y una pelotita bien dura en lugar de pantorrilla.

Yo enfurruñada le contestaba: "Ay sí, ¿qué tiene?"

Mi abuela Mamimaría, *La rabona*, esa sí era una abuela. Gritaba todo el día. Tenía unas ojeras profundas. Se reía tan fuerte como lloraba. Usaba chongo y parecía una matrona italiana. Preparaba una comida muy condimentada y hacía que todo mundo comiera hasta más no poder. Mi mamá, en cambio, reprobaba esa manera de ingerir los alimentos, decía que todo se tenía que servir en un solo plato para comer en pequeñas cantidades. Había que estar esbelta a como diera lugar. Ella tenía un cuerpo espectacular: delgada, poco busto, muy bonitas piernas y caminaba bien derechita. Siempre envidié su cuerpo, pues hubo un tiempo en que me dieron tantas vitaminas que me convertí en un tonel y mis tíos aprovecharon mi condición para apodarme *Tonina Jackson*, aquel luchador gringo que fue muy famoso en los sesenta.

Honestamente, si me puse como una tonina no sólo fue por las vitaminas sino por todo lo que comía. Mi abuela acostumbraba hacer el mandado en El Paso, en un supermercado que se llamaba Piggly Wiggly y tenía como logotipo un cerdito muy simpático.

Ahí, como todo en Estados Unidos, había una infinita variedad de cereales, nieves, dulces y galletas que jamás hubiéramos pensado tener en México, por lo que Mamimaría me compraba todo lo que se me antojaba. Se gastaba muchos dólares para complacer a su nieta. Además, por todas aquellas compras nos daban tiras enormes de estampillas verdes, que después uno podía canjear por regalos. Definitivamente ese país era lo más cercano al paraíso. Cuando vi la película *Driving Miss Daisy*, que aquí tadujeron como *El chofer de la señora Daisy*, me dio una terrible nostalgia, pues la protagonista solía ir a Piggly Wiggly y terminó perdiendo la memoria igual que mi abuela.

Mamimaría me contaba que su suegra no la quería porque era morena y se apellidaba simplemente Pérez. Por años fue como la criada de tan "ilustre" familia política llegada hacía varias generaciones de la región cantábrica en España. Mi abuela, además de atender a sus hijos, tallaba a mano los pantalones y camisas de los hermanos de mi abuelo; como no le gustaba que la ropa se percudiera, prendía una fogata en el patio y ahí la hervía por horas en enormes tinas de fierro galvanizado, mientras sus cuñadas, las blancas, pasaban la tarde jugando canasta.

Y en el exceso de la entrega, planchaba esa ropa hasta que le llegaba la madrugada. Por eso ahora trataba a mi abuelo como si fuera un mueble más en la casa o, cuando se desocupaba de los quehaceres, lo perseguía "enchuchada" por todos los cuartos.

—¿Para qué tanto hablar de las glorias pasadas? Que si los caballos pura sangre, que si la hacienda de Papá Fernando, que si los miles de sirvientes. La única criada que conocí fui yo y ahí andaba remendándoles los calzones a tus hermanas con pedazos de costal de harina.

A mí eso me hacía reír, pero en el fondo me solidarizaba con la abuela, y por algunos años siempre tuve cierto recelo hacia mi abuelo y su parentela.

Con lo que no contó la familia política de mi abuela es que ella había nacido en El Paso y tenía la ciudadanía norteamericana. Y muy pronto sacó ventaja de ello porque, cuando la pobreza los alcanzó, Mamimaría sacó toda su fuerza, abandonó las tareas domésticas y se fue a trabajar al otro lado de costurera. Gracias a ella, los dólares empezaron a circular del lado mexicano y se empezó a componer la situación en la casa.

Cuando me enteré de aquella aventura, admiré más a mi abuela y también a Estados Unidos. Si nosotros no hubiéramos nacido cerca de la frontera, jamás hubieran salido adelante mis abuelos. Otro país les tuvo que dar una mejor opción de empleo que el suyo.

Debido a esta experiencia, mis tíos procuraron que sus hijos nacieran en El Paso por aquello de las dudas. "Nunca se sabe con el gobierno mexicano, toda la vida nos ha visto la cara. Pura robadera. Más vale aliarse con los vecinos que esperar algo del centro." Y todavía faltaban por venir innumerables devaluaciones, la nacionalización de la banca, el narcotráfico y los secuestros.

Con Mamimaría, cualquier día se convertía en toda una experiencia. Comenzaba desde el desayuno. El aroma de la levadura cociéndose en el horno me hacía saltar de la cama hasta llegar al antecomedor, donde me esperaban unos exquisitos bísquets a la usanza gringa y una deliciosa yema de trigo con leche. Con el pasar de los años, ya instalada en el Distrito Federal, me enteré que tomar algún cereal como avena, yema de trigo o cebada era algo tan desagradable para los habitantes de la capital que cada vez que yo describía mis riquísimos almuerzos norteños, los amigos hacían muecas de asco, pues los infaltables chilaquiles no podían siquiera compararse con aquellos horribles potajes.

Para mí, Mamimaría era la mejor abuela y la más cariñosa. Por las tardes me llevaba de compras a El Paso. Tomábamos un destartalado colectivo en el centro de Juárez que nos pasaba del otro lado del río por sólo una peseta, es decir, una moneda de veinticinco centavos oro, y nos dejaba también en el centro de esa ciudad fronteriza, pero había una enorme diferencia. El Paso era una ciudad del primer mundo, donde comíamos hamburguesas, sándwiches de queso derretido y tomábamos nieves en Baskin Robins, la de los 31 sabores. Los edificios antiguos rodeaban una cuidada plaza, llamada los Lagartos porque en un pequeño estanque habitaban esos reptiles. Las tiendas departamentales, que entonces eran una novedad, tenían aparadores vistosos y adentro se extendían grandes espacios con pisos de madera que albergaban numerosos anaqueles con productos que en Chihuahua no existían. Y lo mejor de todo eran los elevadores de bronce donde había una empleada que decía mecánicamente, mientras accionaba una palanca: "Going up, going down".

Sin embargo, a pesar de mi fascinación por El Paso, descubrí que muchos mexicanos que vivían ahí y eran ciudadanos, curiosamente no hablaban español o si lo hablaban, lo hacían muy mal. Además, sentí como que no querían a los que íbamos de Chihuahua. Se reflejaba en la manera en que se dirigían a nosotros, con cierto desprecio, y hasta nos veían por encima del hombro.

Las dependientas de las tiendas nos decían: "Oye *jani*, ya sabes que soy la *namber uan* si quieres ayuda". O para todo preguntaban: "Esa, ¿te quieres medir una *suera* (en lugar de suéter)?" Y si queríamos devolver una prenda que ya habíamos comprado, pero que siempre no nos había gustado, nos preguntaban: "¿Quieres volver esto pa' tras?"

Cuando cruzábamos el puente y nos tocaba un mexicano en migración, nos poníamos a temblar. Nos revisaban las micas una y otra vez. Comparaban nuestras caras con las de la foto. Nos sometían a un largo interrogatorio, que si a qué íbamos, que si traíamos suficiente dinero para gastar, que si regresábamos a México ese mismo día. En fin. Y todo en inglés, porque si les contestábamos en español se hacían como que no entendían nada.

—¿Por qué se creen tanto, si hablan tan mal el español? —le preguntaba a mi abuela.

—Así son los pochos. Se sienten superiores. Se creen americanos. Como si uno no supiera que son indios como nosotros.

Entonces me propuse que aunque aprendiera inglés, hablaría muy bien el español para que no me confundieran. Pero por cosas que tiene la vida, ahora una gran mayoría de mexicanos siente que sube de estatus si intercala palabras en inglés cuando habla. ¿Será que actualmente casi todo el país se quiere anexar a Estados Unidos?

Por la tarde, en el interior de una iglesia, varios fieles, entre ellos Cristina y su abuela, hacen el recorrido del Vía Crucis. Las dos, en un continuo murmullo, pasan las cuentas de un rosario entre sus dedos.

Imaginarme a Jesús en la agonía del Huerto de los Olivos era para mí el pesar más hondo que yo jamás había sentido. Mi abuela y yo rezábamos los Misterios dolorosos siguiendo cada una de las imágenes que representaban a Cristo en su camino hacia la Cruz.

Todo sucedía como en una película: La flagelación, La coronación de espinas, La Cruz a cuestas, La crucifixión. Fue hasta entonces que me di cuenta quiénes habían sido los judíos. Ellos habían hecho sufrir a mi Dios, lo habían perseguido y lo habían mandado matar.

Mientras me perdía en aquellos negros pensamientos, me vino a la cabeza que tenía que cortar con Rosy. No podía comulgar y recibir el cuerpo de Cristo siendo amiga de una niña judía. Pero en el fondo me resistía a dejar a mi mejor amiga. Tenía que haber una solución. Por la noche de aquel turbulento día, decidí seguir con Jesucristo y con Rosy. Las monjas me habían dicho que Dios era tan infinitamente bondadoso que perdonaba todos los pecados del mundo. Yo sería un instrumento para que Rosy lograra salvarse. De hoy en adelante tendría que cumplir una misión. Convencida de aquel acto, me fui a dormir muy feliz acurrucándome en los brazos de mi tía Emma.

Durante la Semana Santa, mi abuela me compraba de todo: crinolinas, vestidos, bolsas, zapatos de charol y sombreros, un ajuar especialmente seleccionado para el domingo de Pascua. Yo prefería pensar que ese día era el Día de la Coneja, pues mis tíos me regalaban huevos y conejos de chocolate que yo tenía que buscar por toda la casa.

Después nos íbamos a misa para celebrar la Resurrección de Cristo; el oficio era realmente conmovedor. Yo comulgaba con toda la devoción de que era capaz. Llevaba la hostia en la boca hasta llegar a mi banca, me arrodillaba y no

mordía aquella oblea, pues era el cuerpo de nuestro Señor y me aterrorizaba el solo hecho de pensar que podía descuartizar a Dios; entonces dejaba que lentamente se fuera disolviendo y me tragaba la hostia con una emoción muy fuerte porque Cristo ya estaba en mi interior.

Esos días santos eran verdaderamente un tiempo de recogimiento para nosotros. Mis abuelos no dejaban que nadie viera la televisión, no se permitía escuchar música y no se podía vestir con colores llamativos. Estábamos de luto. Yo caminaba por la casa como alma en pena porque la verdad sea dicha, esa semana eran mis días de vacaciones y me moría por ver *I Love Lucy*, *El club de Mickey Mouse*, *Lassie* y *Los tres chiflados*, programas que se captaban sólo en Juárez por canales gringos y que yo entendía a la perfección como si dominara el inglés.

El Viernes santo entraba en una profunda melancolía; esperaba las tres de la tarde, la hora en que Cristo había sido crucificado y, de pronto, créase o no, el viento empezaba a soplar con fuerza y el cielo se nublaba. Esa era la gran señal... "Cordero de Dios que borras los pecados del mundo. Perdónanos, Señor. Cristo, óyenos. Cristo, escúchanos." Y yo empezaba a llorar.

Al regresar a Chihuahua era inevitable pasar por la aduana. Si viajábamos en carro, los 28 kilómetros que recorríamos desde que abandonábamos Juárez hasta la garita eran un suplicio. Mis papás comenzaban a ensayar un discurso.

—Si nos preguntan que por qué traemos la televisión, decimos que es un regalo que le dieron a Cristina. —Acotaba mi papá con gran seguridad.

—¿Y la ropa nueva? ¿El mandado? ¿La Barbie? —preguntaba mi mamá atemorizada. De pronto mi papá detenía el carro a media carretera, mi mamá me empalmaba toda la ropa nueva que podía y yo abrazaba con todas mis fuerzas a la Barbie. Nadie sería capaz de arrebatarme a mi muñeca.

Finalmente llegábamos y los vistas aduanales nos hacían abrir las maletas, revolvían todas nuestras pertenencias sin ningún recato, se asomaban por las ventanas y sentenciaban: "Las Barbies son americanas, la niña no puede pasar con esa muñeca." Yo empezaba a berrear y no dejaba que me tocaran. Mi mamá estaba a punto de devolverla, pero el vista se conmovía y nos dejaba en paz. Eso era lo que pasaba todas las veces que veníamos de Juárez. El regreso en autobús era similar, pero como generalmente me acompañaba mi abuela, se armaba un escándalo espantoso. Y si por casualidad nos tocaban mujeres aduaneras, Mamimaría les gritaba que eran peor que los hombres, pero disfrazadas. Efectivamente, se mostraban más machas que los mismos machos. Su gesto duro e inmisericorde hacía llorar a cualquiera al que confiscaran algún artículo gringo por más insignificante que fuera. Pero como siempre, cuando estaba con mi abuela todo se resolvía, no importaba de qué modo. Por eso toda la vida me sentí muy protegida por ella. Lo que no sucedió jamás con mi abuela paterna.

VI

—¡Qué vivan los goys! ¡Qué vivan!

—¿Y eso? ¿Qué no eran algo monstruoso y horripilante? —preguntó mi mamá desconcertada.

—¡No, mamá! Hoy me contó Rosy que los goys somos la gente normal, como tú y yo.

Debo confesar que Rosy jamás dijo eso, simplemente aclaró que los goys son las personas no judías.

Mi mamá entonces me platicó que ella también se había sentido como Rosy cuando estudiaba en el Colegio Palmore. Era "una pobre católica rodeada de protestantes que no aceptaban al papa".

—¡Pero si Juan XXIII es muy lindo con sus cachetes colorados! —grité indignada.

Además, mi pobre madre, por si fuera poco, fue sentenciada por su confesor de quedar excomulgada para siempre si sus papás no la sacaban de esa escuela. Como los abuelos no tenían dinero para meterla en un colegio católico, mi mamá se quedó por muchos años sin poder confesarse y mucho menos comulgar. Otra trágica historia de religiones que cada vez me angustiaba más y me hacía preguntarme por qué la vida era tan complicada.

A raíz del relato de mi mamá, entendí que uno podía ser diferente según el lugar y la gente con la que uno estuviera y seguir siendo la misma persona. Yo era una para mi papá que me consentía siempre, mientras que para mi mamá era otra, pues me regañaba por todo. En la escuela, las monjas decían que era muy traviesa y Monseñor De la Paz, que era un alma de Dios. ¡Qué divertido! Entonces tuve una idea genial que me mantuvo ocupada por varias semanas: había que comprobar cuántas Cristinas podía ser.

Así que un buen día me planté frente al policía de la esquina para ver cómo me miraba. Él se empezó a poner muy nervioso y yo impávida, hasta que desesperado me dijo que me iba a acusar con mi papá. ¡Qué raro! Ni siquiera le había hecho nada. Salí corriendo y me paré ante el dueño de la nevería Iris. Sin decir nada, mis ojos se clavaron fijamente en los de él. Don Sebastián me hacía preguntas y yo no contestaba, hasta que también exasperado cogió un barquillo, le puso una bola de nieve y me lo regaló. Yo salí feliz. Mi experimento funcionaba. Las reacciones se iban multiplicando y yo seguía siendo la misma.

Mi mamá, que ya me había visto en esas andanzas con distintas personas, llegó a preocuparse tanto por mi comportamiento que habló seriamente conmigo.

—¿Por qué andas viendo a la gente así?

—¿Así cómo? —le respondí haciéndome la tonta.

—Pues así, parándote enfrente de las personas.

—¿Cómo?

—¿Qué les ves así?

—¿Así?

Mi mamá se impacientó ante mis evasivas y se fue diciendo: "Está bien, si no quieres hablar, no lo hagas, pero yo ya no te vuelvo a dirigir la palabra."

Inmediatamente me aterroricé, corrí tras ella y llorando, le conté de mis experimentos. Ella se quedó asombradísima y en tan sólo unas cuantas horas, toda la familia conocía la anécdota. Yo me ofendí y en venganza, me paraba frente a ella cada vez que podía y la miraba. A mi mamá le entraban unos verdaderos ataques de risa, y como estaba mal de la vejiga, al ratito unos hilitos de pipí empezaban a escurrir por sus piernas y entonces ella corría al baño. Sin más ni más dejé de hacer mis payasadas por puro cansancio. Mi mamá nunca entendió que aquellas investigaciones habían sido muy importantes para mí. A pesar de sus burlas, no le guardé ningún rencor y pronto se me olvidó.

En la más completa soledad de la capilla del Instituto América, un pequeño recinto austero con sólo algunas estatuas de santos y dos filas de bancas de madera, Cristina y Rosy avanzan sigilosas por el pasillo central hacia la pila bautismal.

—Ni te imaginas lo que te espera. Te voy a quitar de una vez por todas esos pecados que llevas en el alma.

Rosy me miraba con pánico y yo la jalé de la mano hasta donde estaba el agua bendita. Cogí su cabeza, la incliné para acercarla a la pila y con mi mano le comencé a echar agua.

—¿Qué nombre quieren darle a su hijo?

Rosy tartamudeó: "Rosa Hannah".

—Eso no, tonta, acuérdate que no es cristiano. Te llamarás Rosa María. ¡Qué barbaridad! A ti habría que bañarte enterita por tantos años de pecados. Yo te bautizo en el nombre del Padre, del Hijo y del Espíritu Santo. La comunidad cristiana te recibe con gran alegría.

Rosy acabó con la cabeza empapada. La obligué a hincarse en el altar y hacer la señal de la cruz. También le hice prometer que de ahora en adelante se aprendería todas nuestras oraciones

y que cada noche haría un acto de contrición para ser perdonada. Por fin había cumplido mi misión, aunque Rosy nunca se convirtió al catolicismo. No es tan sencillo cambiar de religión así porque sí.

En un salón lleno de butacas esparcidas en forma escalonada de abajo arriba, se encuentran Cristina y la madre Clara. Ésta toca un piano vertical, mientras Cristina canta una escala.

Además de mi pasión por el baile, también cantar estaba dentro de mis gustos. Cuando mi mamá me compró un disco de Joselito, el cantante español, me enamoré de él y de su voz. Todo el día escuchaba el disco y hacía *playback* de las canciones, me ponía frente al espejo y me transformaba en él. Nada podía compararse con aquel niño a quien adoré por varios años. Así que cuando se hizo la convocatoria para formar parte del coro de la escuela, inmediatamente fui a una audición. Quedé dentro del grupo de las contraltos y me fui satisfecha a mi casa; al menos había sido aceptada. Nunca me imaginé lo que significaría pertenecer a ese tipo de voz.

Con las primeras clases, me fui desilusionando de mi tesitura. Las contraltos sólo hacíamos el acompañamiento de la melodía que llevaban las sopranos. Al interpretar "Adiós Mariquita linda", sólo cantábamos: bom, bom, bom, bom, mientras las mezzos y las sopranos se explayaban luciendo sus magníficas voces. Además, no sé por qué todas las contraltos eran las más feas del coro y, sin exagerar, de la escuela, en comparación con las otras a las que hasta rostros virginales les veía cuando entonaban: "ya me voy porque tú ya no me quieres como yo te quiero a ti..." Entonces decidí que pelearía y haría hasta lo inimaginable con tal de abandonar el grupo de las contraltos. Y así lo hice.

Todas las tardes, acompañada de un pequeño teclado me puse a ensayar como si fuera soprano. Por más que calentaba mi garganta, no alcanzaba las notas altas. Lloré mucho de pura decepción. Yo pensé que si uno deseaba algo con fervor, siempre se realizaba, pero me falló. Siempre me desafinaba. Me bajé a mezzo y lo logré.

Fui la niña más feliz. Sólo había que convencer a sor María Clara, la directora del coro. Me presenté ante ella y le pedí que me escuchara, porque yo creía que era un error estar de contralto. La monja me dijo que las mejores voces de las cantantes siempre eran contraltos. Le supliqué que me escuchara porque no quería continuar cantando los acompañamientos. La monja al fin accedió y me hizo la prueba. La pasé. Sor María Clara se entristeció. Yo hubiera podido dar más como contralto y sobre todo tener un estilo propio.

—Está bien, Cristina, desde hoy eres una más del montón, una mezzo.

Cuando me tocó ir al ensayo, caminé muy ufana enfrente de las contraltos y me acomodé con las mezzos. ¡Qué alegría! Ahora sí cantaría "Adiós Mariquita linda" y todos me admirarían al estar rodeada de niñas bonitas, aunque fuéramos del montón. Nada podía ser peor que una contralto y todo sería mejor como mezzo soprano.

VII

A medio día, enfrente de un viejo edificio, se encuentra estacionado el Chevrolet del papá de Cristina. Ella y su madre están en el interior. En el edificio se lee en la parte superior: Imprenta Fernández.

Mi papá siempre nos dejaba horas esperando en el carro mientras terminaba sus negocios en la imprenta. Él se dedicaba a hacer anuncios que salían en el periódico. Como nadie desempeñaba esa actividad, mi papá fue el pionero de la publicidad en Chihuahua.

Y pues ahí estábamos mi mamá y yo, desesperadas, muertas de frío y en la nada; pero cuando uno está en la nada empieza a ver cosas, a fijarse en los más insignificantes detalles. Así lo hizo mi mamá, que de pronto estaba con la cabeza debajo del volante inspeccionando el tapete de hule del carro. En ese momento llegó mi papá y arrancamos hacia un restaurante.

—¿A qué mujer anda subiendo al carro? —dijo mi mamá muy enojada.

Yo, perpleja, no entendía la relación entre un tapete y una mujer. Mi papá se rió y contestó:

—¿Qué le pasa a la señora hoy que está tan corajuda?

Él a veces le decía "señora" a mi mamá. ¿Por qué?, no lo sé. Y lo de hablarse de usted es muy común cuando la gente se quiere. Aunque en esta escena, ellos no se andaban queriendo mucho.

Ansiosa por saber el secreto que ocultaba aquel tapete, yo también le pregunté a mi papá:

—Sí, ¿a qué mujer andas subiendo al carro, papá?

—Vea lo que le está enseñando a su hija. —Protestó mi papá.

Al fin mi mamá aclaró el misterio.

—Ese tapete tiene marcas de tacón de mujer... y yo no manejo, Hectorito.

Mi papá pretextó que le prestaba el carro a la secretaria para llevar las facturas a sus clientes.

¡Qué mentira! Él había contratado a un chofer precisamente para hacer todas esas cosas.

La comida de los sábados tan esperada, pues nunca salíamos ni a la esquina, pasó como si estuviéramos en un velorio. Una vez más el asunto de la amante nos separaba.

Efectivamente, los tacones de aguja de aquella malvada mujer se habían clavado en el tapete. Miles de círculos chiquitos delataban los amoríos de mi padre. Entonces algo se me reveló: en la vida, las personas listas son las que primero observan para después averiguar lo que no entienden.

¡Qué suerte la mía! Mi mamá era de las listas. En cambio Héctor, o sea mi papá, era tonto, muy tonto, no veía lo que estaba haciendo.

Ya me lo imaginaba, los dos muy orondos en el carro dando la vuelta por toda la ciudad, luciéndose. La vieja esa, apercollada de mi papá, pegándole la pierna y dejando sus huellas en el tapete.

Lástima que el romance no lo vivieron más allá de los noventa, porque los coches ahora tienen asientos separados, no traen tapetes de hule y ya no se usa el tacón de aguja.

Lo que más me dolía era que mi papá jamás le enseñó a mi mamá a manejar, mientras su amante andaba en el carro de arriba para abajo.

De nuevo regresé al balcón y con un gran dolor, ahora en el alma, veía a mi papá en el carro seguirse de frente hasta perderse en la cima de aquella larga avenida. La voz de Frank Sinatra se empezó a escuchar otra vez por las tardes.

Pero mi vida no giraba solamente alrededor de los oficios religiosos ni de las desventuras de mi mamá. Algo muy importante empezó a llenar mis ratos libres: empecé a soñar despierta. Y el motivo de aquellos sueños fue Raúl, un niño de

12 años que se la pasaba sentado en las bancas del Parque Lerdo acompañado de sus amigos.

Todas las tardes, después de hacer mi tarea, iba sola al parque para andar en patines. ¡Cómo me deslizaba por aquellos caminos arbolados! Y fue en una de esas tardes que conocí o más bien vi a Raúl. Su cara llena de pecas me llamó la atención y por primera vez sentí un jaloncito agradable en el estómago. Al día siguiente invité a Rosy al parque para enseñarle a Raúl. ¡Qué guapo era! Pasamos horas haciendo nuestras mejores piruetas sobre patines frente a él y sus amigos. Ellos ni siquiera nos vieron.

—¿No se te hace muy grande para ti? —me dijo Rosy ya en la casa.

—¿Grande como para qué? —le contesté nerviosa.

—Pues como para novio... A él le han de gustar las de sexto, las de su edad.

Me sentí culpable por ser tan "adelantada" y le dije que yo no quería tener novio, que simplemente me gustaban sus pecas y sus pestañas tan rizadas. Rosy me dijo que, además, el tal Raúl era feo y que esas pecas más bien le daban asco. Decididamente estaba sola, nadie me comprendía, ni mi mejor amiga.

¿Acaso a las judías no les gustaban los niños? ¿O yo era anormal por fijarme en un hombre a mis ocho años? ¿O sería pecado pensar en tener un novio? No, no y no, no había nada de malo en eso; el amor no tiene edad, ya lo había dicho

mi mamá cuando la Negra tuvo su primer novio en quinto de primaria y mis abuelos estaban muy preocupados.

Me dediqué entonces a soñar: una de esas tardes, Raúl me volteará a ver para decirme lo bien que patino, me preguntará si tengo una bicicleta y me invitará a pasear con él. Luego pedirá mi teléfono. Me hablará para vernos el domingo en la misa de doce y después me invitará a comer una hamburguesa en la nevería Iris. Todas mis amigas, al vernos, me envidiarán.

Poco a poco Raúl y yo nos veíamos más seguido. Él iría todas las tardes a mi casa, yo sacaría mis cómics favoritos y los leeríamos. También podríamos caminar en el parque y mi mamá estaría feliz de que yo tuviera un pretendiente.

Raúl me esperaría a la salida del colegio y me acompañaría hasta la casa, no sin antes comprarme una naranja con chile. Me daría su foto, que yo guardaría en un libro para verla todas las noches antes de dormirme. Volvería a ver sus pecas y sus pestañas rizadas. Me regalaría el disco de *Happy toguether*, de Las tortugas, y yo lo oiría hasta el cansancio siempre pensando en él.

En realidad yo seguía haciendo mis mejores maniobras en patines frente a Raúl y sus amigos, pero él nunca me dirigió la palabra. A esas alturas eso ni me importaba; total, en mis fantasías Raúl y yo éramos muy felices y compartíamos todo lo que a mí me gustaba hacer. Por supuesto, con los años supe que a esos amores se les llama *platónicos*. Pero vendrían muchos más de ese tipo antes de ser correspondida.

Después de esa amarga experiencia, fortuitamente llegó a mis manos un anuario escolar de El regional. Me puse a hojearlo y quedé francamente maravillada. En ese libro estaban las fotos de todos los alumnos: desde el kínder hasta el bachillerato. Me detuve en los de secundaria, qué hombres más hermosos poblaban aquellas páginas. No había a cuál irle.

Entonces me vino a la cabeza un plan para borrar mis pasadas tribulaciones amorosas. Escogí los niños que más me gustaban y los recorté. Detrás de cada fotografía les puse una dedicatoria que decía más o menos así: "Para Cristina, con todo mi amor." Los firmé con el nombre correspondiente, poniendo mucho cuidado de no equivocarme, pues muchos de esos niños eran bastante conocidos en Chihuahua. Una vez hechas todas las dedicatorias, coloqué al primer novio en un portarretratos miniatura y ahí fui al colegio a presumir con mis amigas. Todas se quedaron anonadadas por el magnífico ejemplar que fungía ese mes como mi novio. Cada treinta días hacía cambio de foto y la mostraba con mis compañeras, quienes no daban crédito de mi éxito con los hombres. Esta travesura duró como seis meses, hasta que lavé mi honor perdido. Nunca nadie me descubrió.

VIII

Varias niñas, entre ellas Rosy, están en un cuarto de baño. Rodean la tina en la que se encuentra sumergida Cristina completamente desnuda. Más que una escena cotidiana, parece la ejecución de un ritual.

Después de bautizar a Rosy, ella me pidió, para corresponder la amistad, que yo participara en una ceremonia judía. Me pareció justa su petición y accedí a ir a su casa.

Sus tres hermanas me recibieron muy amables. Enseguida apareció Rosy y todas, con un aire reservado casi místico, me condujeron al baño. Cerraron la puerta. Lo primero que vi fue la tina llena de agua.

—Tienes que quitarte toda la ropa. —Me dijo Rosy muy seria. Yo me quedé petrificada.

—Pero, ¿qué es lo que me van a hacer? Yo no me quito la ropa enfrente de nadie, ni siquiera de mi mamá. —Contesté nerviosa.

Inmediatamente me vino a la cabeza todo lo que nos decían las monjas sobre el cuerpo. Debíamos cuidarlo como un templo y no permitir que nadie nos viera desnudas ni mancharlo con malos pensamientos.

Rosy cambió el tono de su voz, se acercó a mí y cariñosa me dijo:

—No te queremos hacer nada malo. Así es la Mikva; además, somos todas mujeres.

—¿Y qué tiene?, a mí igual me da pena.

—Entonces yo no puedo seguir siendo tu amiga. Acuérdate que tú me bautizaste y yo te obedecí en todo. —Aclaró Rosy ya molesta.

Me quedé pensando un rato y de golpe me empecé a desnudar. Las judías me pidieron meterme a la tina y así lo hice. Todas me echaron agua con unas jicaritas mientras decían algo incomprensible. Al fin terminó aquello, salí de la tina, me sequé y vestí.

Rosy me explicó que esa ceremonia era casi como el bautizo, una purificación, sólo que se hacía antes de que la mujer se casara para que llegara pura al matrimonio.

Regresé a mi casa sintiéndome inmaculada como la virgen María. De verdad se me había quitado un peso de encima. Pero, ¿hasta cuándo debería permanecer así? Faltaban muchos años para poder casarme y me aterró la idea de que en todo ese tiempo podría yo pecar y nadie me podría purificar nuevamente.

IX

En la sala de una casa de principios de siglo XX, Cristina, sentada en un viejo sillón descolorido por el paso del tiempo, borda un pequeño mantel a cuadros. A su lado, la señorita Oronoz, una mujer de cincuenta años pero muy mal llevados por los miles de surcos que se han quedado en su rostro, arrebata la costura a la niña para mostrarle alguna puntada. Cristina, casi al borde del llanto, parece no entender lo que su maestra le enseña.

Al pasar a cuarto año, las monjas tuvieron una idea pésima: nos pusieron a todas a coser manteles. Yo, que nunca he sido buena para esas cosas, lloraba todo el tiempo porque no se me daba aquello de bordar. La tela a cuadros blanco y rojo se convirtió en gris de tanto sobarla y derramar mis lágrimas sobre ella, de tal manera que cuando llegó el 10 de mayo, el mantel era casi negro y mi mamá extrañamente lo hizo desaparecer porque jamás lo usó. Mientras iba bordando aquel engendro, le pedí a mi nueva maestra de año, la señorita Oronoz, que me diera clases particulares de punto de cruz. Ella accedió de muy buena gana, pero cometió alta traición. Un día llegó a la escuela y dijo que estaba cansada de que una alumna la molestara todas las tardes por problemas con la costura. Mis compañeras le preguntaron que quién podría ser esa niña tan tonta. Yo empecé a temblar del horror a ser descubierta. La maestra clavó sus ojos sobre mí, pasaron unos segundos, suspiró y simplemente dijo: "Es una niña X". Desde ese día me convertí en la niña X, pues cada vez que se quejaba de mí hacía alusión a la X. Posteriormente, en la secundaria, escribí una pequeña obra de teatro con unas amigas y al acabarla dije muy segura: "Esto se va a llamar *Obra incógnita que se despeja en X*". Las amigas me vieron con gran admiración por la originalidad del título.

Como ya tenía nueve años, era justo que cambiara de amistades. Rosy seguía en el círculo, pero me atrajo otra niña que se llamaba Isabel. Ella era de esas a las que se les denominaba "adelantadas" y yo quería ser así lo más pronto posible. Para empezar había que dejar de inmediato los patines, me explicó, si quería conquistar a un

hombre. Tendría que empezar a caminar de otra manera: la cabeza en alto, la espalda muy derechita y avanzar lentamente con las piernas juntas y los pies uno después de otro como si fuera un trapecista sobre la cuerda floja. Al principio me costó trabajo, pero al poco tiempo las dos nos contoneábamos por los pasillos de la escuela como si tal cosa. Esto fue de gran utilidad porque a la salida de la escuela, cuando todos los niños de El regional se arremolinaban para ver a las de la América salir, hubo uno que se fijó en mí. Se llamaba Jorge, era güero y tenía unos ojos verdes preciosos. Desde ese día, decidí que sólo andaría con hombres de esas características. ¡Qué mala fortuna! Jamás en mi vida he tenido un novio así, ni siquiera cuando viví en Inglaterra a los 17 años, donde la legión islámica me tomó por su cuenta. Iraníes, turcos, egipcios y libaneses me perseguían por todas partes: en el metro, en los *pubs*, en los parques, todos absolutamente todos pensaban que yo era una de sus paisanas liberada y me hacían oscuras proposiciones.

En fin, regresando a mi niñez, Jorge se convirtió en el dueño de mis ensoñaciones hasta que un día, las monjas mandaron llamar a mi mamá para decirle que todas las tardes me veían en el parque platicando con un niño y soltaron un tremendo juicio: "Creemos que a su hija le gustan demasiado los hombres." Mi mamá se escandalizó, no de lo que yo hacía sino de los comentarios de las religiosas.

Ese año empezó mi retirada sentimental del colegio, de las monjas y de la religión, pero seguí mi tierno noviazgo con Jorge que un día me abandonó por Isabel y esa fue la primera desilusión amorosa de mi vida. Me acuerdo que le escribí una carta donde le hacía innumerables reclamos y terminaba diciéndole que de ahora en adelante mi vida ya no tendría ningún sentido sin él. Providencialmente no la mandé. Hubiera sido la burla de todos sus amigos y de mi ahora enemiga Isabel. Aprendí otra cosa que en esos momentos de dolor creí válida: había que desconfiar de las mujeres; lo estaba viviendo en carne propia y el ejemplo de mi mamá que sufría a causa de una mujer me bastaba para confirmarlo. Sin embargo, los hombres también tenían lo suyo: Jorge se encargó de decir a los cuatro vientos que Isabel era más bonita que yo. Seguramente mi papá pensaba lo mismo al cambiar a mi mamá por otra, por eso yo creo que mi mamá se pintó el cabello de rubio. Un día llegó a la hora de comer con el cabello decolorado. Mi papá y yo nos quedamos fríos. Fue como una aparición, pues ella era tan blanca que su cara se perdía en aquellos cabellos casi blancos. Por supuesto, a mi papá no le gustó y ella, que acrecentaba un grandísimo rencor, siguió tiñéndose para mostrar su rebeldía. Yo estaba fascinada con mi mamá porque, a pesar de ser adulta, se pintó el pelo de un color que a nadie se le hubiera ocurrido en esa época.

X

Se escucha la samba **Meditación**, *de Edu Lobo, interpretada por algún órgano melódico y barullo de fiesta: copas jaiboleras al chocar en efusivos brindis y carcajadas que van y vienen entre las animadas pláticas. Numerosos invitados charlan en pequeños grupos. Una mujer baila descalza con copa de martini en mano siguiendo la cadenciosa melodía. Un grupo de hombres suelta una gran carcajada. Algunas mujeres chismean entre ellas. Hay gran movilidad entre los concurrentes. Un hombre se tambalea y brinda con cualquiera que se le cruce.*

Una pareja se despide. Otros llegan. Y Cristina, de 12 años aproximadamente, ve curiosa cómo se desarrolla la fiesta. Todo esto en medio de una gran nube de humo y a media luz.

Cómo me divertía en las fiestas que organizaban mis papás y cómo odiaba la música instrumental con la que animaban aquellos convivios. Era increíble que cualquier canción fuera interpretada y malograda por las orquestas de moda. Así fue como *Yesterday*, de los Beatles, el grupo de rock más popular de la historia, se convirtió en una pieza de fondo tocada por Ray Conniff o Percy Faith. ¿Y qué me dicen de *Michel*, armonizada por algún espeluznante órgano melódico y su cajita de ritmos? Fatal. Pero bueno, eso les encantaba a los adultos y lo disfrutaban tanto como si estuvieran escuchando la *Quinta Sinfonía* de Beethoven.

Entonces me dieron ganas de fumar. Discretamente, o más bien, como nadie se daba cuenta de mi presencia entre tanto jolgorio, me encaminé hacia una pequeña puerta situada en el comedor, que daba a una tenebrosa escalera de caracol para subir a la azotea. Este lugar siempre fue mi refugio cuando me daba por meditar sobre asuntos importantes. La azotea no era un sitio cualquiera, ahí se encontraba una pequeña casita de un solo ambiente, donde yo acostumbraba jugar y reunirme con mis amigas del club secreto. Además, tenía una gran explanada de cemento perfectamente aplanado en el que realizaba mis prácticas de patinaje sobre ruedas. Aunque ya había cumplido los 12, andar en patines o en bicicleta seguían siendo mis deportes favoritos y no me avergonzaba de ello, a pesar de que ya usaba brasier, que era prácticamente como un listón. En la actualidad no ha cambiado ese listón, sólo se le agregaron unas varillas.

Una vez arriba, saqué de la bolsa de mi falda una cajetilla de cigarros Philip Morris, mis favoritos. El estuche, muy a la gringa, era de plástico café con toques dorados en las letras. Cogí un cigarro y lo encendí con gran maestría. Eché la primera bocanada como hacía la actriz Joan Crawford en sus películas. El humo se disparaba rápidamente en una perfecta línea recta para atrapar el ejemplar a conquistar. A los 12 años ya sabía fumar dándole el golpe y todo. Aspirar el delicado humo y llevarlo hasta lo más profundo de los pulmones me hacía pensar en cosas agradables y se me olvidaba la tristeza. Por supuesto, mis papás no tenían idea de mi recién adquirido vicio y eso me convertía en una niña especial. Siempre me gustó hacer cosas prohibidas. No había placer más grande para mí. Total, me encontraba justo arriba de la terraza, eché mi última fumarola y aventé la bacha aún encendida a la calle, cuando de pronto, allá abajo, oí la voz de mi papá.

—Le advierto que es la última que me hace enfrente de mis amigos... ya estuvo suave de sarcasmos.

Yo me asomé lo más que pude para ver a quién le decía semejantes atrocidades. Y pues ahí estaba él arrinconando a mi mamá. Manoteaba con aire amenazador.

—Pues a ver si así le da vergüenza andar haciendo las cosas que hace.

—¿Sabe qué, señora? Ya no me importa lo que piense, pero lo que imaginen ellos allá dentro sí. ¿De acuerdo?

—Se lo vuelvo a repetir, Héctor, usted sigue con esa mujer y no nos vuelve a ver ni a mí ni a su hija. Nunca más, ¿me oye?, nunca más.

Mi papá dejó de vociferar y se quedó como paralizado. Reaccionó y se metió a la casa. Mi mamá se puso a llorar, desapareció de mi vista y al rato regresó con un cigarro prendido; ella, que nunca fumaba, se recargó en la barandilla de piedra y se llevó el cigarro a la boca. Con gran alegría confirmé mis teorías: ya lo decía yo, el cigarro podía hacerte olvidar las más profundas tristezas de la vida.

Pst, pst, pst, llamé la atención de mi mamá. Volteó a los lados hasta que miró hacia arriba. Le hice una señita con la mano para saludarla y sonreí. Ella, todavía con los ojos irritados, besó la palma de su mano y con todo su amor, sopló para que ese beso volara hacia donde yo estaba. Lo atrapé y me lo planté en la mejilla. Jamás me había sentido tan querida por ella. Desde ese momento se estableció una complicidad. Ya fui capaz de comprenderla en su dolor. Y renuncié por completo al cariño de mi papá. No sé cuáles eran sus razones para hacerla sufrir, pero en todo caso, a partir de esa noche todo lo que le hiciera a mi mamá era como si fuera a mí. Gracias

a Dios, todavía nos quedaba el existencialismo y tanto mi mamá como yo nos podíamos quedar en la nada, como suspendidas, viendo sin ver. Además, empezamos a fumar casi al mismo tiempo y eso nos reconfortó en los tiempos difíciles.

XI

Una noche llegó mi tío Lalo con todo y maletas a la casa. Pensé que era otro prófugo de la casa de Juárez, pero no. Venía a hospedarse con nosotros porque había entrado a la universidad para estudiar ingeniería. Lo instalamos en una especie de casita que había en la azotea y que yo usaba para jugar. Lalo le hizo varias mejoras y la dejó preciosa. También fabricó su propio restirador. Yo estaba fascinada con él porque mi papá era incapaz de hacer cualquier arreglo a la casa.

A través de sus acciones, Lalo me ganó y yo subía a su casita con el menor pretexto. Le hablaba horas y horas, porque siempre he sido muy platicadora: es el síndrome de la hija única. Él pacientemente me escuchaba, aunque tuviera que estudiar. Lo catalogué como un buen hombre —en realidad todos los tíos maternos eran de una buonomía y una integridad a toda prueba— porque yo ya andaba pensando que todos los hombres eran como mi papá.

Tal parecía que a Lalo le gustaba estar conmigo, pues varias noches me quedé a dormir en su cama mientras él trazaba planos en su restirador. También me hizo una sesión de fotos en blanco y negro. Estaba experimentando con su nueva cámara y llegó a tal grado su inconsciencia que me hizo subir a la barda de la azotea con un pretil angostísimo. Por fortuna no me resbalé; tres pisos hubiera volado antes de estamparme en la acera. Con él aprendí a distinguir diferentes tipos de minerales, ya que tenía una colección de ellos. Además, me enseñó a construir una pequeña bobina para fabricar un radio. Yo vivía como en el cielo cuando estaba con Lalo. Todo lo que no compartía con mi papá, con él lo suplía. De esta manera, mi cariño por mi papá disminuía en la medida que conocía a Lalo.

Mi mamá estaba feliz de sentirse acompañada de su hermano. Al menos alguien de la familia estaba cerca de ella. Como es de suponerse, Lalo inmediatamente se dio cuenta de los líos que se traían mis papás. Héctor casi no hablaba con Lalo. Mi mamá decía que así era el carácter de mi papá, serio y hosco. Algo difícil de creer por mí, pues cada vez que iba a ver a su Fulana, andaba canturreando por toda la casa. Todo comenzaba por la tarde, cuando se metía a bañar mientras entonaba alguna canción de Sinatra. Yo pienso que se creía el gran conquistador como lo hacía Frankie en la película *Pal Joey*, pero dudo mucho que la Fulana se pareciera a Rita Hayworth. Después se ponía su mejor traje y corbata, mientras yo lo observaba con cierta rabia. Luego escogía, de entre una veintena, sus zapatos Florsheim. Se veía detenidamente en el espejo, se peinaba y repeinaba para finalmente perfumarse. Al salir con su auto del garage, yo —ustedes ya lo saben— corría al balcón y allá iba con su Chevrolet todo derechito por la Ocampo.

A esas alturas, el estómago ya ni se me retorcía de angustia. Lo que sí me preocupaba era mi mamá, que cada vez se veía más flaca, ojerosa y deprimida. Ya ni siquiera escuchaba a Frank Sinatra. Bueno, cómo lo iba a hacer si yo me la pasaba oyendo a los Beatles. La Negra me había regalado el primer disco de ellos y desde aquel día no dejé de adorarlos. Miento, hubo una temporada en que los odié: cuando John Lennon dijo que eran más famosos que Cristo. Yo estaba chica y quebré uno por uno sus discos. Después, cuando se me pasó la rabia, le pedí a mi papá que me los volviera a comprar. A mi mamá no le gustaban mucho; a pesar de ser joven, decía que eran muy avanzados para ella, pero qué tal bailaría el *surf* con Herp Alphert y su Tijuana Brass. Claro, para ese entonces ya se había liberado de su marido.

A pesar de lo mal que andaban las cosas con mi papá, un día él nos sorprendió.

—¿A qué no sabe qué, señora? Acabo de hacer un trato con mi amigo el Topis. Le compré su Toyota guinda. Está precioso. ¿Cómo le parece?

Mi mamá y yo hicimos miles de planes; por fin, ella aprendería a manejar; podría ir al súper sin tener que cargar el mandado y al nuevo salón de belleza con la Nena, quien ya se perfilaba como peinadora de vanguardia en los sesenta al haberle decolorado el pelo a mi mamá y hacer las delicias de todas las señoras de alcurnia de Chihuahua —hasta la fecha es la única persona en el mundo que me corta bien el cabello. Podríamos también visitar a Alicia, la mejor amiga de mi mamá, y yo ir a jugar con sus hijos a quienes quería mucho. En fin, en esas estábamos cuando Lalo llegó para decirle a mi mamá que el Toyota no había sido para ella, sino para la "prófuga del metate" como ya apodábamos a la Fulana. Él mismo la había visto manejando con mi papá. Nosotras ingenuamente creímos que cuando mi papá dijo "Ya le compré su Toyota guinda", el *su* era de *usted*, el *su* de mi mamá; pero no, fue el *su* de ella, de la otra. Entonces nos entristecimos horrores, y a Lalo nada más se le veía cómo tensaba las quijadas y decía: "¡Chihuahua! ¡Chih...!", negando con la cabeza. De pronto, como si se le hubiera ocurrido que tenía que hacer algo urgente, salió disparado de la casa.

Lalo, un joven de 20 años, acompañado de otros dos muchachos, llega a la puerta de un edificio de un solo piso. Es la imprenta Fernández. Lalo dice algo a sus amigos y entra solo en el edificio.

Lalo, con paso decidido, camina por el taller lleno de máquinas buscando a Héctor. Los trabajadores lo ven pasar sin ninguna sorpresa. Saben que es el cuñado del patrón. Lalo llega a la oficina de Héctor y no hay nadie. Con furia tira de un solo manotazo los papeles del escritorio y arranca los cables del teléfono. Sus mandíbulas apretadas dejan ver la impotencia de no haber encontrado a Héctor.

Cuando Lalo salió de la imprenta, vaya sorpresa que se llevó, pues el Chevrolet mariposa se estacionaba frente al edificio. Apenas salió mi papá del carro, Lalo lo agarró a golpes, le rompió la camisa, lo tumbó al suelo y le dio de patadas. Mi papá no pudo hacer nada. La sangre le corría de la nariz y la boca era ya una coliflor. Lalo, satisfecho, por último cogió las llaves del carro que mi papá había dejado caer al piso y se fue corriendo junto con sus amigos.

Mientras todo eso sucedía, mi mamá y yo tomábamos *Hawain Punch* con mucho hielo, sentadas plácidamente en la terraza, aprovechando el viento que corría en esa temporada de cálido abril. De pronto oímos un grito de la calle. Era Lalo.

—¡Ya estuvo, Bertha!

Y aventó las llaves del carro de mi papá. Mi mamá las recogió, pero ni tiempo tuvo de decirle nada a su hermano; él había pegado una veloz carrera, como buen jugador de futbol americano que era. Mi mamá, por lo que se vio, ya sabía de qué se trataba.

—¿Qué es eso de que ya estuvo, mamá? —le pregunté.

—Ya lo verás, ahorita que llegue tu padre.

No acababa de hablar, cuando escuché los bufidos de mi papá.

—Dígale a Lalo que me entregue las llaves.

Mi mamá, con toda displicencia, alzó el llavero y se lo mostró. Él se lo arrebató.

—Y que ni se le ocurra regresar a esta casa, ¿me oyó?

Sin ni siquiera verme, mi papá se metió a la casa y mi mamá prendió un cigarro.

—¿Ya ves? Todo este escándalo por una mujer.

Y no volvió a hablar más. Nos quedamos en la nada viendo hacia la calle.

XII

—Quiero el divorcio. Ya hablé con don Agustín y me dijo que era lo mejor para todos.

Así fue como mi mamá amenazó a Héctor. Él juró que dejaría a su amante y que por nada del mundo se divorciaría. Mi papá no estaba dispuesto a dejar de verme. Esto fue una revelación para mí. Jamás pensé que yo le importara a mi papá. Me hizo tambalearme en mis sentimientos. Me había sido más fácil dejar de querer a mi papá pensando que yo le era indiferente... pero ahora no sabía qué hacer.

Don Agustín era mi abuelo paterno, un viejo enojón y miserable, al que sólo le importaba el dinero. Mi madre fue con él a pedirle consejo porque era el único que podía tener influencia sobre mi padre.

Don Agustín era un rico comerciante que tenía una gran ferretería en pleno centro de la ciudad, además de varias propiedades. Pertenecía a una buena familia de Parral y estaba casado con una mujer de su mismo rango, con la que nunca habían podido tener hijos. A causa de esto, empezó a buscar mujeres hasta que se ligó con Raquelito, una de sus empleadas con la que tuvo a Héctor. Había que perpetuar la especie. Siempre se supo que mi papá era el hijo de don Agustín y a la madre, ni quien la mencionara. Lo que importaba era que el pobre don Agustín al menos tuviera un heredero. Por eso mi papá fue para toda la sociedad chihuahuense el hijo bastardo de don Agustín. Esta situación hizo de Héctor un joven pretensioso y altanero. Se vestía con los mejores trajes y muy pronto tuvo un automóvil obsequiado por su padre para que pudiera conquistar a las muchachas. Sin embargo, detrás de aquella aparente seguridad, mi papá fue un hombre que nunca pudo superar ser hijo "natural". Esto me lo contó mi mamá a espaldas de mi padre, para que yo entendiera un poco por qué él se comportaba como lo hacía.

Al fin de cuentas, no hubo tal divorcio. Qué lejanos e inocentes estábamos de lo que vendría en tan sólo unos días.

Mi mamá me metió a las Guías de los Scouts para que tuviera distracciones al aire libre y conviviera con otras niñas de mi edad y mayores que yo. Todos los sábados por la tarde me entretenía aprendiendo cómo hacer nudos, poner una tienda de campaña, seguir pistas, ayudar a los pobres y vender galletas de puerta en puerta. Al principio sufrí por mi recién adquirida timidez. No sé cómo de un día para otro me "encogí", como solían decir en Chihuahua a la gente corta. Poco a poco le empecé a coger gusto a las Guías y me hice amiga de una niña que hacía poco había perdido a su mamá. Yo sentía verdadera lástima por ella, pues quedarse sin alguno de los papás para mí significaba la muerte. Era algo que no me cabía en la cabeza. Lo mejor era morirse todos juntos en un accidente para que nadie sintiera la ausencia del otro. Me imaginaba sin mi mamá o sin mi papá y sólo veía oscuridad. La vida no tendría ningún sentido sin ellos. Tal vez por eso me llevaba con Carmen, al menos le servía de compañía para que no extrañara a su mamá muerta.

Uno de esos sábados, extrañamente pasaron por mí una prima de mi mamá y su marido, en vez de mi papá que siempre me recogía. Los tíos estaban muy serios y tan sólo pudieron decirme que mi papá había tenido un accidente en la imprenta y que estaba hospitalizado. Esa noche me quedé con ellos y sus hijos. Como no les tenía confianza, pues casi no los frecuentaba, fue una tortura pasar la noche en aquella casa y sobre todo con la preocupación de mi papá. Empecé a ponerme tan nerviosa que el estómago me dolía y mis manos no dejaban de sudar; nunca había experimentado esa sensación. Por fin llegó la hora de irse a la cama, me prestaron una piyama y me acosté, pero no pude dormir y pensé: seguro alguien se murió, no sé si mi papá o mi mamá, pero uno de ellos ya no está aquí conmigo, me siento como abandonada.

Por primera vez supe lo que era un insomnio. No podía resistir más aquella incertidumbre y lloré hasta que el día me sorprendió en aquel terrible estado de nervios. Creo yo que desde entonces, además de tímida, me volví una persona aprehensiva y siempre con los nervios a flor de piel. Me levanté, me bañé y al salir, mi tía me dio otra ropa que había traído de mi casa. Era una falda gris de tirantes, una blusa blanca con rayitas también grises y un suéter negro. Mis sospechas estaban confirmadas, me vestían de luto porque alguien muy cercano a mí había muerto. Lo más extraño de todo es que yo no hacía preguntas, tal vez por el terror de saber la verdad. Al poco rato llegó Lalo por mí en el carro de mi papá. ¿Por qué estaba Lalo en Chihuahua si ya vivía en Juárez desde aquel pleito con mi papá? Sentí un pánico en el corazón, de esos incontrolables, en los que pareciera que uno está a punto de volverse loco.

En medio de un profundo silencio, llegamos a mi casa. Toda la cuadra estaba llena de carros y gente de negro entraba y salía. Una tremenda angustia me subía desde el estómago hasta la garganta. Lalo me tomó de la mano y lentamente fuimos avanzando por la gran escalinata para llegar al primer piso. Ahí todavía había más personas, que al verme, inmediatamente se volteaban para esquivar mi mirada. No vi a nadie de mi familia y mis papás no aparecían por ningún lado. Llegamos a la estancia donde en otros tiempos pasábamos ratos muy agradables viendo la televisión. Continuamos caminando por el largo pasillo que conducía a las recámaras, y cuando pasamos por la sala, encontramos sentadas en los sillones a dos monjas: mi maestra de canto y la superiora, que al verme, me llamaron. Lalo me dejó con ellas y desapareció. Sor María Clara, la de canto, me sentó junto a ella y me abrazó. Yo sentí que me iba a desmayar de tanta aflicción. ¿Qué estaba pasando? ¿Por qué estaban las monjas ahí? La muerte se adueñaba de cada rincón de mi casa y de alguna parte de mí.

Sor María Clara me felicitó por ser tan devota del Verbo Encarnado y aseveró que yo ocupaba un lugar muy especial en el Sagrado Corazón de Jesús. Luego me hizo una pregunta:

—¿A ver Cristina, qué se necesita para llegar al cielo?

Yo le contesté miles de cosas, pero ninguna era la correcta; luego, ella me dijo:

—Para llegar al cielo y estar con Cristo, nuestro Señor, es necesario dejar nuestro cuerpo y para eso, sólo es posible a través de la muerte.

En ese momento comencé a llorar.

—¿Pero quién se murió? ¿Mi papá o mi mamá?

La monja me dijo que el alma de mi papá ya estaba en la Gloria, gozando de la vida eterna junto a Dios.

En el fondo, debo confesarlo, sentí un gran alivio de que mi mamá no fuera la que hubiera muerto, pero de todas maneras sentí un inmenso dolor y salí corriendo a la recámara para buscar a mi mamá. Ahí estaba ella, sentada en la cama sollozando. Las dos nos abrazamos y lo primero que le dije fue que ya nunca iba a oír el sonido del llavero de mi papá cuando abriera la puerta, ni sus pasos subiendo la escalera. Y por supuesto así sucedió, aunque yo lo negara. Jamás volveríamos a comer con él, ni le iría a comprar sus cocacolas a la cafetería de abajo. Ni jugaríamos más el *Monopoly*. Ni lo vería desde el balcón, aunque fuera alejándose en su Chevrolet por la avenida Ocampo.

Al día siguiente no fui a la escuela. Me horrorizaba enfrentarme con las miradas de mis compañeras. No podía soportar convertirme en el objeto de su lástima y de sus comentarios. Ya no tenía papá que me protegiera. A mi mente venían constantemente su rostro y su amplia sonrisa enseñando todos sus dientes. Entonces supe cuánto lo había querido y cómo me hacía falta su presencia. Lo que me había sucedido era que no me gustaba que maltratara a mi mamá, pero él realmente nunca me había hecho nada. Era su única hija.

Con el que estaba furiosa y desilusionada era con Dios, no tenía ningún derecho a dejarme sin padre y además no le había dado ninguna oportunidad de enmendarse. Tal vez si estuviera vivo, hubiera cambiado y habríamos sido felices. Decidí entonces dejar de creer en Dios. Tanto tiempo dedicado a él y a profesar la fe cristiana, ¿para qué? De nada habían servido mis sacrificios.

De pronto me di cuenta que no sabía cómo había muerto mi papá y le pregunté sin más ni más a mi mamá. Ella decidió contarme toda la verdad, pero no entró en detalles y me dijo que uno de sus empleados, ya borracho, le había disparado con una pistola y lo había matado; pero que a las pocas horas se había entregado a la policía y ya estaba en la cárcel. Haciendo memoria, aquel trabajador era uno que me caía muy bien y con el que frecuentemente hablaba cada vez que iba a la imprenta. No podía creer que aquel sujeto hubiera podido hacer eso. Recordé la muerte de Kennedy y sus hijos huérfanos. Ahora yo estaba sufriendo lo mismo. A mi papá también lo habían asesinado. Mi mamá y yo estábamos solas viviendo en aquel caserón.

A pocos meses de la muerte de mi papá, el dinero empezó a escasear. Los electrodomésticos se descomponían y así se quedaban, paralizados. Los acreedores no nos dejaban en paz tratando de cobrar las múltiples deudas que había dejado mi papá. Mi mamá se hacía la tonta y les decía que ella no entendía lo que le decían y que en todo caso, esos eran negocios de su esposo y ella no tenía por qué pagarlos. No teníamos ni un quinto y mi mamá no sabía hacer nada para poder emplearse. Mis abuelos maternos entraron al quite y nos empezaron a ayudar hasta que mi pobre madre consiguió trabajo en un almacén recién inaugurado y se encargó del departamento de perfumería, dada su excelente presentación.

Yo estaba en sexto de primaria y ese año escolar obtuve varias medallas: la de urbanidad —que nunca supe a qué se refería—, la de buena conducta —algo insólito en mí—, la de aplicación y la de canto. Mi madre se sintió muy orgullosa de su hija. Pero yo creo que me las dieron por pura conmiseración, pues yo a esas fechas no era una excelente estudiante. Igual, me sentí satisfecha.

XIII

A raíz de la muerte de mi papá, Tata Lalo, el abuelo materno, fungió como mi tutor. De Juárez nos mandaban dinero y hasta mandado gringo para que no sufriéramos penalidades. Tata Lalo, que tanto había trabajado para sacar a su familia adelante, ahora tenía que hacerse cargo de su nieta mayor. A estas alturas, es justo que hable de él, pues como Mamimaría acaparaba mi atención, mi abuelo pasó como una sombra en mi vida.

Tata Lalo era de los clásicos mexicanos que trabajan del otro lado para ganar dólares y darle una mejor vida a su esposa e hijos. Si pasó como una sombra en mi vida fue porque casi no lo veía. Se levantaba todos los días a las cinco de la mañana, se preparaba un plato de avena, mi abuela le alistaba el lonche y salía de la casa a las seis para llegar a tiempo a su trabajo. Era un largo viaje en el que caminaba, tomaba un autobús, después un tranvía, pasaba migración y ya en El Paso, un compañero le daba *ride*. Por supuesto tenía su pasaporte de residencia; no era un *guet bac* pero sí un bracero, pues daba la fuerza de sus brazos a los norteamericanos.

Tata Lalo siempre trabajó en compañías constructoras: hacía carpintería, clavaba techos, pintaba paredes, instalaba aire acondicionado, en fin, todo lo que le encargaran hacer, por eso estaba tan orgulloso de haberle costeado a su hijo Lalo la carrera de ingeniería, porque al menos habría un progreso en la familia.

Por las tardes regresaba como a eso de las seis, descansaba un rato y a cenar, para luego acostarse temprano. Lo que recuerdo muy bien eran las historias que me contaba sobre el Ruski, el perro de la casa. Ese Ruski era mi fascinación y el culpable de mi amor desmedido por todos los de su especie. Mientras vivió, yo ansiaba salir de vacaciones para irme a Juárez y verlo. Ahorraba de mis domingos para comprarle su regalo de Navidad, algún hueso de carnaza o un collar. Mi abuelo, al darse cuenta de mi cariño por el perro, decidió desde que era más chica contarme todas las aventuras del Ruski mientras yo estaba en Chihuahua.

El Ruski adquiría rasgos de un ser humano. Iba al cine a ver la película de moda y yo pelaba tamaños ojos al descubrir que el perro había visto la misma película que yo y que también se había conmovido con *La dama y el vagabundo*, de Walt Disney. Andaba en su bicicleta por toda la colonia como yo y tenía un helicoperro donde se paseaba por los polvosos aires de Juárez. Yo le creía todo a mi abuelo y miraba con curiosidad al Ruski porque conmigo se portaba como un perro normal, pero a la vez me sentía feliz de saber los secretos que escondía aquella extraña cruza de boxer que era el Ruski.

La imaginación de mi abuelo era desbordante y además era un excelente narrador: nunca decaía la trama.

Pero Tata Lalo no siempre era así; tenía un genio, como se dice, negro. Cuando estaba en la casa se la pasaba regañando a todo el mundo: a sus hijos, a Mamimaría y por supuesto a sus nietos. A mis primos y a mí nos espiaba constantemente. Y a la menor travesura, nos castigaba. Nosotros huíamos inmediatamente. A veces se enojaba conmigo por cualquier cosa y yo corría a abrazar al Ruski. Le contaba todas mis angustias y lloraba a mares.

Lo mejor que uno podía hacer con Tata Lalo era pescarlo en sus momentos de buen humor, que discretamente iban acompañados de unas copitas de sotol, el aguardiente de Chihuahua. Entonces lo perseguía para que me contara las hazañas del Ruski o sus recuerdos de la hacienda donde había vivido durante su niñez.

Las experiencias del rancho eran conmovedoras y llenas de nostalgia. Relataba con gran detalle los espacios físicos y describía a los personajes que habitaban aquel lugar. Yo sentía que en efecto estaba allí, al lado de mi abuelo niño: siguiendo el cauce de una acequia, montando caballos pura sangre, cenando con su abuelo Fernando y jugando con sus hermanos. Esos eran los buenos tiempos, antes que los bárbaros de la Revolución les quitaran todo. La hacienda era un paraíso y el paisaje norteño con sus interminables llanuras, también.

Tata Lalo de vez en cuando escuchaba la radio y cuando lo hacía sintonizaba XEBU *La norteñita*, donde se oían esas voces agudas tan singulares de los cantantes de los conjuntos de redoba y acordeón. Los corridos no le gustaban porque, según pensaba él, en ellos se hacía referencia a los atracos de los revolucionarios.

Otro de los orgullos de mi abuelo era su primo segundo Ramón Novarro, el actor de cine mudo de Hollywood que hizo *Ben Hur* (aquel personaje de la época esclavista romana) y al que toda su familia agradeció que se cambiara el apellido porque, en el fondo, ser parte del ambiente cinematográfico no estaba bien visto; pero Tata Lalo contaba una y mil veces la anécdota del primo que se volvió famoso.

En los años sesenta, Ramón Novarro salió de nuevo a la luz pública al tratar de ayudar a su familia reclamando El Chamizal, que era parte de aquellas tierras arrebatadas por los gringos con

el pretexto del caprichoso Río Bravo que constantemente movía su cauce de México hacia Estados Unidos. Su gestión no tuvo éxito y al poco tiempo fue misteriosamente asesinado en su casa de Hollywood. Se contaron tantas cosas sórdidas de él que en la casa se hicieron oídos sordos a los rumores y prefirieron levantar una leyenda al estilo de Rodolfo Valentino, el galán de todas las mujeres.

Mi abuelo se vanagloriaba de haber nacido en el norte y me decía que sólo los de acá eran gente trabajadora, decente, educada, respetuosa, honesta, y sobre todo no había tanto mestizaje. Los españoles habían llegado a estas tierras de comanches y jamás se habían mezclado. No en balde esta zona fue bautizada como la Nueva Vizcaya. Esa era la razón, según él, de que los norteños no fueran tan morenos. Pero entonces Mamimaría, que era de piel oscura y grandes ojeras, ¿de dónde venía? —Recuerda que los españoles estuvieron dominados por los moros durante muchos siglos —contestaba mi abuelo.

Tata Lalo consideraba que del estado de Chihuahua para abajo todos eran unos surumatos, es decir, del sur y por lo tanto había que desconfiar de ellos. Uno nunca podía saber si realmente estaban hablando derecho.

—Es la mezcolanza con los indios. Son unos ladinos. Doble cara —decía.

Desde que se instalaron en Juárez, mi abuelo sufría constantemente por las oleadas de inmigrantes del sur en busca de oportunidades. La ciudad se llenaba de gente que no pertenecía a su tierra.

—Luego, luego se les reconoce. Andan en carros viejos que compran en los *yonkes* y son prietos, de ojos jalados, como los chinos, que tampoco me gustan por viciosos. —Me decía trabado de coraje.

Total que crecí pensando que los norteños éramos la gran cosa y por un ferviente deseo de quemar mi karma, me vine a vivir a la capital de los surumatos.

XIV

En pleno calor norteño, Héctor camina por una calle acompañado de una mujer. Ella lo toma del brazo. Se ven contentos y amorosos. Cristina viene de frente hacia ellos y asombrada ve a su padre. Finalmente se encuentran. Cristina se lanza cariñosa y lo abraza, pero Héctor permanece indiferente, como si no la conociera.

Desperté con un nudo en la garganta. Mi papá me había hecho una mala jugada. No estaba muerto, simplemente nos dejó por otra mujer. El inconsciente me traicionaba a menudo. Tal vez era porque no fui al entierro de mi papá y nunca lo vi en el ataúd. Hasta la fecha lo sigo soñando, con menos frecuencia, pero siempre aparece vivo y regañándome por todo.

Mi mamá me contó que todavía andaba dando sus paseos por la casa porque en una ocasión, cuando ella caminaba por el pasillo, sintió un aire frío intenso que le atravesó el cuerpo y luego olió la loción que usaba mi papá.

Una tarde, mientras hacía la tarea en mi casa, sonó el teléfono y yo contesté; era mi abuelo Agustín. Pidió hablar con mi mamá, pero no estaba; entonces me dio un terrible mensaje. Como mi papá ya no habitaba este mundo, teníamos que abandonar la casa, que en realidad era de él. La quería rentar y nosotras le hacíamos perder dinero. Yo no podía creer tanta avaricia del abuelo. Le empecé a gritar su injusticia y lo amenacé con jamás volver a verlo, cosa que ni le importó. La llamada concluyó con una advertencia de desalojo si no nos íbamos en un mes. Colgué furiosa. Definitivamente la familia de mi papá era de horror. Me vino a la mente el aleccionamiento que una vez me hizo mi abuela paterna, cuando le conté que tenía una amiga judía en la escuela. Ella y los medio-hermanos de mi papá me dijeron que ser judío era pertenecer a la peor raza del mundo. Por una rarísima razón admiraban a Hitler y sus estrategias de guerra. Yo no entendía de lo que hablaban. Era incapaz de relacionar a los judíos con Hitler. Sólo sabía que eran diferentes, pero no malvados para que alguien los hubiera querido exterminar. No quise indagar más sobre el asunto porque yo me había reconciliado con Rosy y todo lo que ella representaba. En esas cavilaciones estaba, cuando mi mamá llegó del trabajo. Le conté de la amenaza del abuelo y ella se puso nerviosa. Lo noté porque los músculos de su cara se empezaron a mover sin control alguno. Sin embargo, trató de calmarme diciéndome que la vida siempre está en movimiento y nosotras teníamos que seguir adelante para no estancarnos.

—Ya verás, vamos a encontrar una casa preciosa y nos vamos a entretener decorándola —afirmó con gran aplomo.

Para mí, el solo hecho de pensar en dejar esa casa donde había pasado mi infancia me puso como loca y sin que mi mamá me viera, lloraba todo el día. Dicen que a los que pertenecemos al signo de tauro nos cuesta mucho trabajo el cambio, que siempre necesitamos una tierra firme donde pisar.

Entonces me invadieron miles de pensamientos negros. Adónde iríamos a parar. Con el raquítico sueldo de mi mamá, seguramente nos mudaríamos a la periferia. Fue en esos momentos que me di cuenta que sin dinero no se puede hacer gran cosa en este mundo.

Me empecé a torturar con la idea de que bajaríamos de nivel social, ya no podría estrenar ropa cada estación del año, no continuaría estudiando en ese colegio, mis amigas me repudiarían por ser pobre y, lo peor de todo, ya no cumpliría mi sueño de estudiar una carrera. No podía aceptar esa transformación. Me negaba rotundamente a hacerlo.

Con toda esa angustia lacerándome el corazón, inicié el año escolar. Entré a primero de secundaria. El cambio al que me enfrentaba en la escuela era ya demasiado para mí. Las nuevas materias, aunque parecían interesantes, no me llamaban la atención, por lo que dejé de estudiar. De la niña traviesa y ocurrente que fui en la primaria, me convertí en una adolescente malcriada y respondona. Todo me disgustaba, andaba siempre de malhumor, me peleaba con mis amigas y me enfrentaba a las monjas a la menor provocación. Ya no comulgaba ni iba a misa; mucho menos me confesaba.

Mi gusto por el cigarro creció a tal grado que persuadí a Otilia, una compañera de mi clase de piano, para que se iniciara en el vicio. Y ahí, en una salita de música, nos pusimos a fumar al tiempo que yo tocaba un pasaje de la ópera Carmen. Para mí era la bohemia en pleno. Dejamos el cuarto lleno de humo y nos fuimos a mi casa.

Pero algo nos hizo regresar a la escena del crimen, tal y como sucedía en las películas. Llegamos a la escuela, nos quedamos en las canchas un rato jugando volibol y entramos al edificio. ¿Por qué?, no lo sé.

En uno de los pasillos nos topamos con la monja superiora y nos interceptó.

—¿De dónde vienen? —preguntó inquisidora.

—Del patio. —Contesté nerviosa.

—Hoy les tocó su práctica de piano, ¿verdad?

—Sí.

—La pasaron muy bien, ¿no?

—Como siempre, ya ve que nos gusta mucho practicar.

La monja, en actitud incrédula, sólo dejó escapar un ajá. Rápidamente agregué:

—Pero nosotras no fuimos, ¿eh?

Y Otilia corroboró:

—Sí, nosotras no fuimos.

—¿No fueron qué?

—Pues las que fumaron en la sala. Contesté al borde del pánico.

—¿Y quién les está preguntando eso?

—Usted.

—Muy bien, ya que ustedes mismas se delataron, se me van inmediatamente a la capilla a pedir perdón a nuestro Señor y mañana muy temprano las quiero ver en la dirección acompañadas de sus papás. Están expulsadas indefinidamente.

Por lo visto no había aprendido nada del programa de *Perry Mason*, el abogado norteamericano que siempre desenmascaraba al verdadero asesino y que tanto nos gustaba a mis papás y a mí. Nos quedamos mudas. Mi recién iniciada rebeldía me estaba costando cara. A pesar del terror que sentía, fingí no darle importancia y le dije a Otilia que no se preocupara; total, ya estábamos en edad de hacer lo que nos diera la gana, teníamos 12 años y plena conciencia de nuestros actos.

¡Sí, cómo no! En cuanto llegué a mi casa empecé a temblar. Ensayé varios discursos para explicarle a mi mamá que me habían corrido del colegio. No encontraba las palabras adecuadas que pudieran suavizar mi terrible acto de transgresión. El haberme convertido en atea no me liberaba de las culpas. Es más, me sentía más sola que nunca, pues ya no tenía el recurso de la confesión ni el amparo de algún dios.

Por la noche, me armé de valor y entré en el cuarto de mi mamá, que ya se iba a dormir. Como pude le conté, pero esta vez ella no se puso de mi lado. Recriminó mi irresponsabilidad, especialmente ahora que estábamos pasando por una mala racha, y terminó diciendo que desgraciadamente yo era idéntica a mi padre tanto en lo físico como en la manera de ser y que quién sabe qué futuro me esperaría. Fue un duro golpe para mí y no pude defenderme porque en realidad era incapaz de entender lo que me estaba pasando.

La madre superiora decidió darme otra oportunidad de reincorporarme a la escuela, movida más que todo por las súplicas de mi mamá, pero yo seguí igual de irreverente.

XV

Al tiempo que yo me rebelaba como buena adolescente, pienso que mi mamá, después de tantos años de sojuzgamiento, también quiso ser libre. Durante una temporada que mi abuela y mi tía la Tachi pasaron en Chihuahua, organizaron una reunión. Invitaron a Esperanza, una amiga de mi tía que vivía del otro lado del Parque Lerdo. Entre todas las mujeres, menos yo, prepararon unos cocteles Margarita siguiendo la receta tradicional. Se esmeraron en las botanas y se pusieron a platicar. Los cocteles iban y venían, se los tomaban como si fueran una simple limonada. Yo estuve en mi cuarto viendo la tele, llegó la medianoche y me dormí. Un ruido extraño que provenía del pasillo me despertó. Me acerqué a la puerta y agucé el oído. Alguien arrastraba algo por el piso. Después escuché a alguien hablando inglés. No pude con la curiosidad, abrí lentamente la puerta y vi en penumbra que mi tía jalaba a mi mamá de los brazos y ella se dejaba llevar por el suelo con gran docilidad. El sueño de mi mamá fue siempre hablar inglés y en ese estado liberador lo logró. Las mujeres se habían emborrachado y parecían felices. El jolgorio de vez en vez se interrumpía con los explosivos llantos de Mamimaría, que decía sufrir por mí y por su hija viuda. Mi reacción ante el hecho fue de total desaprobación, producto de la educación conservadora de aquellos años que todavía atormentaba mi pobre cabeza. Me habían dicho que las mujeres no debían tomar alcohol porque era de pésimo gusto, sobre todo si se les pasaban las copas. Me sentí miserable. Finalmente aquella fiesta terminó en la madrugada con todas las mujeres apostadas en uno de los balcones, vigilando que Esperanza se fuera a su casa atravesando el parque. Yo la espié desde mi ventana y vi cómo ella zigzagueaba torpemente por el camino.

En la época, hubo unas fiestas que fueron de antología. Eran en la casa de Jazmín Velázquez, una niña que entró al colegio en secundaria. Era flaca, flaquísima, alta y de cabellos largos y lacios. En las reuniones se ponía minifaldas escandalosas y fumaba abiertamente. Decían que sus padres eran muy ricos y liberales. Nadie nunca supo cómo fueron a parar a Chihuahua.

Un atuendo de Jazmín marcó esos años mi memoria: se trataba de un vestido mini de plástico negro, medias caladas color mostaza y unas botas altas de charol. El prototipo de los años sesenta. Definitivamente el existencialismo y su moda habían quedado atrás, pero no el sentimiento de vivir hasta las profundidades del "en sí". Su casa, ubicada en Jardines del Santuario, la zona moderna más exclusiva de la ciudad, tenía techo de dos aguas con un gran jardín al frente y otro atrás, al estilo de El Paso. Cuando Jazmín anunciaba una fiesta, todas entrábamos en frenesí. Por nada del mundo podríamos perdernos esa fiesta, pues ahí iban los muchachos más guapos de La Salle y El Regional: todos aquellos que yo recortaba de los anuarios con tanta ilusión en mis tiempos de la primaria.

En esas reuniones, Jazmín Velázquez hacía gala de toda su seducción con los hombres. A las demás, que éramos más aniñadas, nos sorprendían sus maniobras, sus bailes y su manera sexy de fumar. Ella ni siquiera nos miraba, no éramos dignas de ser sus amigas, sólo nos invitaba para que no fuera una fiesta de una sola mujer y treinta hombres. Ellos tampoco nos echaban ni un lazo, estaban realmente embobados con aquella pionera de las anoréxicas. Al pasar el tiempo, se dijo que en esas tertulias se fumaba mariguana. Yo jamás me di cuenta, pero pudo haber sido porque yo estaba tan entusiasmada con el tabaco que ni siquiera se me ocurrió pensar en consumir drogas. Todavía estábamos alejados, en cuanto a la edad, de esos vientos renovadores que traían los *hippies*.

Nunca tuve los alcances de Jazmín y por lo tanto nunca fui su amiga. Así como llegó, se fue. No tenía la menor intención de estudiar y la expulsaron ese mismo año, al igual que a mí. ¡Bendita libertad! Entraría a una escuela laica de hombres y mujeres, me dijo mi mamá amenazante, pero para mí fue la mejor noticia. Claro que no sabía lo que me esperaba en aquella secundaria perteneciente a la Universidad Autónoma de Chihuahua, la UACH, para ser breves. La secundaria era famosa por su alto nivel en materia de educación, pero a fin de cuentas pertenecía al gobierno y ahí fue donde me empecé a rozar con los "pelados". Claro que también asistían alumnos de "familias decentes" que deseaban educarse más libremente, sin la intromisión de las ideas religiosas.

Para mi sorpresa, ahí estaba la mera mata de los maestros izquierdosos y en una de mis clases, la primera lección del profesor de historia de México, dijo que Dios no existía y que iba a acabar de un plumazo con nuestra mentalidad pequeño-burguesa que sólo acostumbraba leer el *Rider's Digest*.

—La hora ha llegado. Es tiempo de despertar al mundo. Lo peor que tenemos en Chihuahua es la frontera con Estados Unidos. De ahí vienen todos los males... el capitalismo a ultranza, la sociedad de consumo, el inglés.

Terminó animándonos para que formáramos brigadas de estudio e intercambiáramos lecturas e ideas. Se trataba de convertirnos en entes críticos y pensantes.

—¡Acabemos de una vez por todas con la cultura de los gringos! ¡El comunismo nos llama! —Salió gritando del salón.

Yo estaba azorada con todo aquel discurso. Estaba confundida. Esto no tenía nada que ver con el Instituto América. ¿Qué había hecho durante todos esos años? Efectivamente, en mi casa se leía el *Selecciones* y era nuestro punto de referencia en cualquier conversación. Pero, ¿qué tenían de malo "Mi personaje inolvidable", "Historias de la vida real" y "Citas citables"? ¡Dios mío! ¿A dónde había ido a parar?

La ruptura epistemológica no se hizo esperar. Luego de un periodo de reflexión, abracé aquella ideología, que entre otras cosas no era muy clara para mí, pero empecé con el pie derecho. Mi tío el Negro, quien por esas fechas acababa de renunciar al seminario, se había inscrito a psicología en la UTEP, la Universidad de Texas, en El Paso. Durante la temporada de exámenes les dieron a los estudiantes unas cajitas con diversos productos miniatura que incluían una pasta de dientes, una toalla de manos, una crema de afeitar —en el caso de los hombres—, un peine y unos sobrecitos misteriosos que tenían una leyenda en inglés: *exam pills*. Como el Negro había recibido varias de las dichosas cajas, me regaló algunas sin cuidar de retirar las *exam pills*. Yo feliz me llevé las cajas a Chihuahua.

Los sobres aquellos inmediatamente llamaron mi atención. Leí las instrucciones que decían que con esas píldoras uno podía estudiar toda la noche sin sentir sueño, pues contenían 100% cafeína. Sin pensarlo más, distribuí aquellas pastillas entre mis recién adquiridos amigos de la secundaria. Todos pasamos, cada quien en sus respectivas casas, una larga noche con los ojos pelones. Al día siguiente no podíamos sostenernos en pie, pero aun en ese estado fuimos a clase. Compartimos nuestra experiencia y decidimos tomar otra pastilla para poder pasar el día. Pero esta vez fue algo curioso, traíamos una pila incontrolable. No podíamos parar de hacer cosas y hablar como locos. La maestra de biología empezó a sospechar y un día, rompiendo la secuencia del programa, en vez de hablarnos de los protozoarios empezó a dictarnos un curso acerca de las drogas. Al final terminó con un interrogatorio tan habilidoso que nos hizo soltar la sopa. Todos me acusaron de haberles dado unas extrañas pastillas que les hizo perder el sueño por varios días. No pude negar mi culpabilidad. Me sentí perdida. También me correrían de esta escuela de anarcolibertarios, pero eso no llegó a suceder. Tan sólo había sido cafeína en dosis concentradas, por lo que me dieron chance de enmendar mi conducta y no le avisaron a mi mamá. Sin embargo, desde entonces me apodaron la "dilerama".

Todo en aquellos años terminaba en "rama", era el signo inequívoco de la modernidad. El primer centro comercial se llamó Futurama y el nombre fue el resultado de un concurso que hicieron los dueños para seleccionar el más original. Seguro al que se le ocurrió ya había ido al DF y se lo copió al cine del mismo nombre. Pero como en aquellos años seguíamos tan lejanos del resto del país, nadie se dio cuenta. Y así empezó la fiebre de los "ramas". El primer cine con pantalla de 70 milímetros lo denominaron Cinerama y así sucesivamente: Bolerama, Radiorama, Discorama.

Olvidado el episodio de las drogas por el momento, mis amigas las "buena onda" y yo empezamos a ir a un lugar que se llamaba Rockarama, donde unos chavos muy guapos tocaban *covers* de los éxitos ingleses. El grupo se llamaba Psicodelius. Así, los Kinks se trasladaban desde Inglaterra hasta Chihuahua a través de las voces y las guitarras de los muchachos que lo conformaban. No podíamos romper con el inglés, a pesar de que ese idioma, según nuestros profesores, era el instrumento de los gringos para colonizarnos.

Nos engolosinábamos oyendo: *Lazing on a sunny afternoon, in the summertime...* Todas coreábamos ese estribillo hasta el cansancio y les pedíamos a los Psicodelius que la cantaran una y otra vez. Pero esa era mi imagen pública, porque en la intimidad de mi cuarto, o más bien en la intimidad de mi casa, porque toda me pertenecía como buena hija única —mientras mi mamá trabajaba de nueve a seis—, yo escuchaba a los Herman Hermits con la dulce canción: *There's a kind of hush all over the world tonight, all over the world you can hear the sounds of lovers in love...*, que llenaba cada una de mis tardes solitarias. Pensaba que algún día tendría un novio y se escucharía un murmullo en toda la ciudad anunciando que estaba enamorada.

XVI

—¡Quihúbole ahí!
  —¿Qué pues? ¿Qué irigote?
  —Pusss, nada.
  —¡Cámara!

Ese era nuestro amplio y nuevo vocabulario. Lentamente fui dejando mi lado fresa, y cómo no, si todo el día nos decían en la escuela que ser fresa, virgen y burguesa era lo peor que le podía pasar a una mujer. Ese año de 1968 también hubo una noticia que me hizo querer por sobre todas las cosas volverme *hippie*: la pop ópera *Hair* que se estrenó en Acapulco. Fue un verdadero escándalo en la sociedad mexicana. Una bola de *hippies* y *yippies* bajaron del avión causando un impacto terrible. Las fotos llegaron hasta nuestro pobre periódico provinciano. A los adultos les parecía abominable la vulgaridad y la desfachatez de aquellos actores que se desnudaban en pleno escenario, y a mí me resultaba fascinante que se rompieran los esquemas uno por uno. Al poco tiempo salió el disco de la versión mexicana de *Hair* y lo compré; más bien mi mamá lo hizo ante mis ruegos. Pobre, nunca imaginó que eso alimentaría mis ganas de abandonar la fresez de una vez por todas.

Un compañero de salón, Antonio, que se sentaba al lado mío siempre silbaba las rolas de moda; pero cuando lo oí silbar *Satisfaction* no pude más y me enamoré de él de inmediato. Empezó a buscarme fuera de clase y llegó el día más deseado por mí. Me pidió mi dirección y una tarde se apersonó. No tocó la puerta, llegó en su moto Triunfo y aceleró para avisar que ya estaba allí. Yo no podía más de la emoción. Horas antes había estado ensayando mi vestuario. Salí rápido a verlo con una blusa blanca de manga ancha, unos pantalones rojos a la cadera y acampanados que tenían unas margaritas blancas en la parte de abajo, una cinta de cuero angosta alrededor de mi cabeza y descalza. Me sentía el prototipo de la *hippie* mexicana. Para pronto ya estaba montada en la moto y arrancábamos por la ciudad a todo vuelo. Yo me abrazaba a Antonio muy fuerte para sentirlo. En esos momentos yo ya quería otro cuerpo junto al mío y qué mejor que el del güero Toño.

Es medio día. Los alumnos de la secundaria y la pre-
paratoria de la UACH están en una explanada. Hay
una gran confusión entre las masas. Un joven de 17
años, Marco, de pelo largo, nariz aguileña y flaco
habla a través de un megáfono. Los estudiantes poco
a poco lo empiezan a escuchar y se hace un profundo
silencio.

Pues sí, ese Marco de pronto apareció en nuestra
vida. Se convirtió rápidamente en el líder de la
secundaria y la preparatoria. El movimiento es-
tudiantil del 68 estaba a la vuelta de la esquina.
Y nosotros, los más pequeños, no sabíamos de
qué hablaba ni entendíamos aquello de la lucha
de clases, de los presos políticos y de la libertad
de cátedra. Más bien estábamos ansiosos por oír
todo lo que se refería a las Olimpiadas.

—¿Por qué tanto irigote con los estudiantes de
México? —Comenté con Nancy, una de mis
amigas alivianadas.

—Pusss quién sabe. Dicen que no les gusta el
plan de estudios, que hay que liberar a los presos políticos. —Contestó con gran displicencia.

—¿Y qué es eso de los presos políticos? A mí
se me hace que los estudiantes de allá más bien
no quieren estudiar. —Salió de mis entrañas ese
comentario, haciendo por supuesto eco de lo
que decían en mi familia. No podía desligarme
de mis orígenes burgueses, a pesar de que aco-
gía con entusiasmo todo aquello que oliera a
transgresión.

Marco continuó encabezando marchas y ma-
nifestaciones, alterando el orden de la ciudad y
de las conciencias. De pronto, se desencadenó la
huelga en la Universidad de Chihuahua. Casi
cuando apenas habíamos comenzado el ciclo
escolar en septiembre, se vio interrumpido por
cuestiones políticas que según los adultos, ni
nos incumbían para nada. Fue la primera vez en
mi vida que vi al país unido por un movimiento
juvenil. Los estudiantes se solidarizaban con
aquellos de la capital.

— ¿Ven? Lo único que nos traen los surumatos
son puros problemas, además del rateriaje de los
presidentes; ánimas que nos reclame Estados
Unidos de una vez por todas, —nos dijo mi
abuelo en una reunión. Lo que nunca entendí es
por qué mis abuelos nunca se fueron a vivir a El
Paso si estaban tan a disgusto en el "país de la
corrupción". Eso jamás lo sabré, pues ninguno
de los dos está ya en este plano de la realidad.

Mis amigos y yo tomamos este acontecimien-
to como un golpe de mala suerte en nuestra carrera académica, pero nos dedicamos a flojear en
nuestras casas muy a gusto. A algunos compa-
ñeros los sacaron de la secundaria y los regresa-
ron a las escuelas particulares para que no
perdieran el año. No se sabía a ciencia cierta
cuánto podría durar la huelga.

A punto de las Olimpiadas, toda aquella rebe-
lión se escondía con el espíritu fraternal de la
amistad con todos los pueblos del orbe. Y yo así

lo creí. De la matanza de Tlatelolco no se dio amplia cobertura, o más bien no se dio ninguna información. Sólo llegaban noticias por la radio, que yo nunca escuchaba, y lo que supe fue a través de testimonios de estudiantes chihuahuenses que llegaron a su tierra muy espantados y contaban historias de horror acerca del 2 de octubre; pero nunca oí el verdadero motivo del movimiento, sólo se explayaban en las negras anécdotas de muertos, torturas y granaderos.

Gustavo Díaz Ordaz superó con mucho mi odio hacia los presidentes de México. Adolfo López Mateos fue una santa paloma —a pesar de ser ateo y masón ante mis ojos de niña—, comparado con el presidente actual, quien además —se comentaba— era un asesino junto con Luis Echeverría.

Muchos años después, aquel Marco disidente y revolucionario empezó a dar de qué hablar en la capital con el apodo de Superbarrio, un político de izquierda disfrazado de luchador de lucha libre.

Mientras todo eso sucedía, yo pasé mis vacaciones forzadas pegada al televisor, feliz de ver las primeras Olimpiadas en México. Empezó la proyección nacional de la televisión. Nunca antes habíamos estado enlazados con el Distrito Federal y ese mes de octubre vimos la primera transmisión desde la capital.

No recuerdo bien cuándo terminó la huelga, pero pronto estábamos de vuelta en la escuela.

Más que los asesinatos de Tlatelolco, una eventualidad sacudió mi vida. Una mañana desperté con un fuerte dolor en el bajo vientre y corrí al baño porque pensé que era un trastorno estomacal, pero al bajarme los calzones descubrí que estaban manchados de sangre. Se me fue la respiración, y corrí con mi mamá para avisarle que lo que yo había temido en los últimos meses había llegado. Mi mamá tranquilamente me sacó un *kit* para niñas en mi estado: un Kotex, de aquellos que no tenían pegamento y sí unas tiras largas en los extremos para engancharlas en un cinturón elástico; además, me dio un Magnopirol para el dolor. Yo me quedé petrificada con el equipo para la regla y ahí comenzó la larga historia de los sangrados mensuales que a veces tanto nos agobian a las mujeres. Me quedé todo el día en mi casa porque me dio vergüenza ir a la escuela y que todo mundo se enterara de lo que me había pasado. Sobre todo porque se decía que los niños te saludaban de mano y al primer contacto con la vena de la muñeca, se daban cuenta de que andabas en esos "miserables días". La primera idea que me vino a la cabeza fue que ya estaba lista para embarazarme y eso me dio un pánico profundo.

Esa noche no pude dormir. Todo me daba miedo: la menstruación, la secundaria, el marxismo, los muertos del 68, la vida sin mi papá, el futuro, los gringos, mi soledad y la de mi mamá. Me descubrí llena de preocupaciones como una persona adulta. Pero recordé mis experimentos de infancia, cuando me quedaba viendo un objeto sin parpadear hasta que perdía por completo su dimensión en el espacio como hacían los existencialistas para probar que el mundo era sólo una apariencia. Sí, todas estas cosas eran una mera apariencia, no eran reales. Entonces respiré aliviada y me dormí.

XVII

Mi papá había dejado unas cajas con un montón de cintas de carrete que él grabó cuando llegó a sus manos aquel invento de la grabadora. Recuerdo que escogía sus discos predilectos, ponía un micrófono enfrente de las bocinas y grababa todas las canciones. Aquella caja me daba tal curiosidad que decidí instalar la grabadora y empecé a escuchar las cintas. Todas tenían sólo música, pero de pronto de una de ellas se empezó a oír la voz de mi papá. Me quedé paralizada y puse atención:

"...uno, dos, tres, probando... estoy en la imprenta y los empleados ya se fueron, son las diez de la noche... Bertha, lo que pasó ayer con tu hermano fue terrible. Todavía me duelen los golpes que me dio, pero me duele más lo que te he hecho en estos años… Entiendo que Lalo defienda a su hermana más querida por lo mal que me he portado contigo. No sé ni cómo decírtelo en persona, por eso me puse a hablar aquí solo frente a la máquina. Tú bien sabes que mi vida no ha sido fácil, que mi padre, aunque me dio todo lo que necesitaba para abrirme paso en la vida, no fue suficiente; tuve todo su apoyo económico, pero nunca me dio cariño, ni siquiera una familia que era lo que yo realmente quería en la vida. No he sabido o más bien no he podido amar a quienes están alrededor mío; nunca lo aprendí. Ya ves, mi mamá, ella misma ni siquiera nos enseñó a ser una familia. Cuando aún era niño, ella se consiguió otro hombre y tuvo dos hijos más, a los que en un principio no quise, mucho menos al nuevo amante de mi madre, que pronto la abandonó. Poco a poco entendí que aquellos niños, mis medios hermanos, no tenían la culpa de haber nacido. Yo tampoco pedí nacer y menos en esas circunstancias. Ser hijo natural me ha costado muchas lágrimas y sufrimientos. Ya ves, tus padres no querían que te casaras conmigo a causa de mi origen, pero tu amor lo pudo todo y a pesar de tu familia, nos casamos. Cuando te conocí, yo tenía intenciones de hacer una familia como Dios manda, tener hijos y darles lo que a mí nunca me dieron; pero no sé lo que me pasa, no sé por qué siempre ando buscando una y otra mujer si tengo tu cariño y el de mi hija.

Hoy en la mañana que me pediste el divorcio y me dijiste que me dejas para siempre llevándote a Cristina, me dio horror la idea de quedarme solo y no saber qué hacer con mi vida. Es cierto que tengo otra mujer a la que según yo amo, pero tampoco es verdad, no sé si la quiero ni si me gustaría compartir mi futuro con ella; yo ya tenía una mujer y una hija con las que quería pasar el resto de mi vida y todo lo eché a perder. Quisiera regresar al pasado, a aquel día en que fuiste a pedirme trabajo al banco y me enamoré de ti, pero ya es muy tarde. Te pido perdón y quiero decirte que sí te he querido al igual que a Cristina pero muy a mi manera, que todavía no comprendo cómo es esa manera, tal vez sea la de mi padre al que tanto le he reclamado y no me cansaré de hacerlo hasta que me muera…"

Después de oír esas palabras de mi papá, lloré y lloré; no podía creer que él fuera así y que hubiera sufrido tanto. De pronto sentí el impulso de ir hacia mi antigua casa para recordar el lugar donde había transcurrido mi infancia al lado de mi papá. Tomé mi mochila y metí la cinta con la grabación; al menos me acompañaría su voz mientras me acomodaba en una banca del Parque Lerdo y observaba la casa de frente. Esa casa ya no me pertenecía; ahora vivían unos extraños a los que seguramente las paredes les hablarían de nuestra historia. Pasé un buen rato ahí hasta que llegó la tarde y el graznido de los pájaros empezó a invadir mi mente. Los árboles cargados de moras dejaban caer sus frutos como cada temporada.

Me levanté de la banca, comencé a caminar y a pisar las moras como lo hacía cuando tenía ocho años. Una cosa era segura, la tinta de las moras quedaría indeleble en ese pavimento del parque y él, mi padre, el de la voz atrapada en la cinta, lo único que me quedaba de él, nunca me acompañaría en la vida, nunca sabría nada de mí, como yo tampoco supe todo lo que lo atormentaba. Pero afortunadamente tenía a mi mamá y a ella sí le tocaría verme crecer y padecer mis experimentos por la vida. Decidí entonces que había que empezar de nuevo y entrar de lleno en la adolescencia. Dicen que la vida se hace a través de lo que se deshace.

FIN

La tinta de las moras

Esta obra se terminó de imprimir en
Octubre del 2004 en los talleres de
Editorial Impresora Apolo S.A. de C.V.,
Centeno 150, local 6, Col. Granjas Esmeralda,
México, 09810 D.F.
con un tiraje de 5,000 ejemplares,
más sobrantes de reposición.